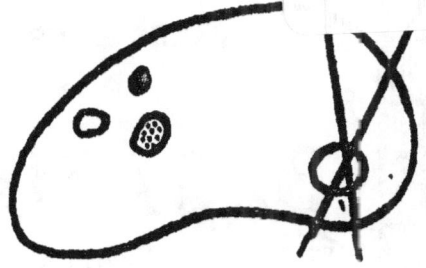

Début d'une série de documents
en couleur

(TYPOGRAPHIE)

VALÈRE BERNARD

BAGATOUNI

roman

Traduit du provençal par Paul SOUCHON
avec une couverture et une eau-forte
par l'auteur.

PARIS
ÉDITIONS DE LA PLUME
31, RUE BONAPARTE, 31

Librairie de " LA PLUME "

Extrait du Catalogue général

LA PLUME

Revue Bi-Mensuelle illustrée, Littéraire et Artistique
Abonnements : France. . . . **12** fr. — Union Postale. . **15** fr.
Numéro-spécimen gratuit sur demande.

Imp. CH. RENAUDIE, 56, r. de Seine, Paris. — 6922

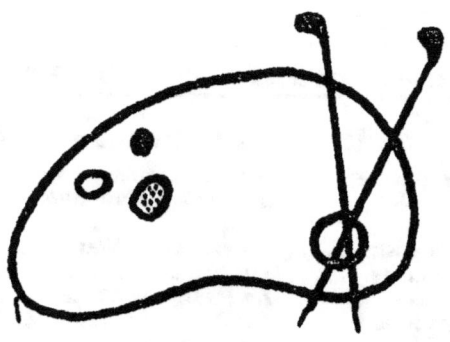

Fin d'une série de documents
en couleur

(TYPOGRAPHIE)

BAGATOUNI

DU MÊME AUTEUR :

LI BALLADO D'ARAM

POÈMES

—

LI CADARAU

POÈMES

—

LA PAURIHO

POÈMES

ÉMILE COLIN — IMPRIMERIE DE LAGNY

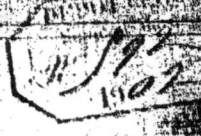

VALÈRE BERNARD

BAGATOUNI

ROMAN

Traduit du provençal par PAUL SOUCHON
Avec une eau-forte originale de l'Auteur.

PARIS
ÉDITIONS DE LA PLUME
31, RUE BONAPARTE, 31
—
MCMII

PRÉFACE DU TRADUCTEUR

Peintre, aquafortiste, poète et romancier, Valère Bernard, qui vit à Marseille, est un des talents les plus attachants de notre temps.

Comme peintre, il s'apparente à Puvis de Chavannes qui fut son maître. Il a comme lui le sens et la noblesse de la composition, un dessin pur, et la faculté d'exprimer décorativement des idées simples. Provençal, il a su faire vibrer la lumière méditerranéenne autour de scènes choisies et ses tableaux comme ses panneaux laissent toujours une impression de joie paisible, ce qui est le signe le plus évident de la beauté.

Comme aquafortiste il a révélé le côté violent de son âme dans d'innombrables œuvres, et, en particulier, dans cette belle série de la GUERRE qu'on a pu admirer il y a quelques années à LA PLUME, et qui, pour la vigueur de la conception, l'abondance, le relief des détails et la pitié soulevée n'est pas indigne d'être comparée à l'œuvre célèbre de Jacques Callot.

Comme poète, Valère Bernard a donné dans sa langue natale, en 1883, LI BALLADO D'ARAM (les BALLADES D'AIRAIN) qui témoignent d'une connaissance peu commune des ressources rythmiques de la langue provençale et rappellent les chants farouches de certains troubadours guerriers; en 1884, LI CADARAU (LES CHARNIERS), poème sombre et violent, d'une éloquence emportée; enfin, en 1899, son recueil le plus important: LA PAURINO (LES MISÉREUX), qui caractérise admirablement l'apport de Valère Bernard dans la renaissance provençale et marque, à côté de la douceur virgilienne d'un Mistral et de l'ardente langueur d'un Aubanel, la place d'une poésie sombre, tendue et résolument populaire.

Comme romancier, Valère Bernard a publié, en 1894, BAGATOUNI, dont on va lire la traduction, et il prépare un nouveau roman qui verra bientôt le jour.

BAGATOUNI est le nom populaire d'un vieux quartier de Marseille habité par une population d'étrangers de toutes nations. C'est le refuge, aussi, de la gueuserie et de la prostitution. Il a les pieds dans le port et ses rues étroites vont se perdre dans le ciel à des hauteurs d'où la vue s'étend sur la mer, les bateaux et la ville.

C'est ce quartier avec ses misères, ses vices, son ombre, son soleil, ses passions qui couvent ou éclatent, ses habitants grossiers, son pittoresque, qui re-

vit aux pages de ce livre et leur confère une savou-
reuse nouveauté.

Il y a là en effet ce que nous allons souvent chercher bien loin : des paysages neufs et des émotions
inédites que Valère Bernard, après s'être penché sur
la tourbe d'une grande ville à qui la mer prête une
poésie continuelle, nous rapporte avec un art par-
fait de description.

Mais BAGATOUNI n'est pas seulement original et pittoresque, il est encore émouvant et ce ne sera pas une
des moindres surprises du lecteur de sentir battre
sous les lignes un cœur d'homme, un cœur pitoyable
à toutes les misères et dont la continuelle effusion
anime singulièrement tous les personnages. Si bien
que BAGATOUNI est peut-être avant tout une œuvre de
pitié.

Le sujet en est des plus simples. Sur le fond misérable et ensoleillé se déroule la passion d'un humble,
le martyre d'un pauvre être épris d'idéal et de bonté.
Toutes les mauvaises forces, tous les vices, toutes les
laideurs se coalisent contre lui et le voilà poussé vers
une mort sanglante parmi la violence et la pitié.
C'est dans le sang que se teignent les dernières pages
comme, les autres, dans la boue, l'ombre, les rayons.
Il y a des chapitres d'une mélancolie profonde, d'une
tristesse infinie. Certains s'éclairent d'une joie si-
nistre et content des ripailles, des fêtes de gueux, des
scènes d'un réalisme extraordinaire.

Au travers d'une telle variété, c'est à peine si l'auteur vous laisse le temps d'admirer son art de la
composition et son aisance souveraine dans les tran-

sitions. *Valère Bernard possède les qualités su-
prêmes de l'écrivain et elles lui sont si naturelles
qu'elles passent presque inaperçues.*

*Il n'en sera pas de même, sans doute, pour d'au-
tres qualités, aussi importantes, et qui, celles-là, se
rattachent au style et à la langue. On sera frappé,
choqué peut-être en certains endroits, de la vivacité
de ce style et de cette langue qui ne reculent jamais
devant les tournures les plus rapides, les mots les
plus grossiers. On appelle, dans* BAGATOUNI, *les
choses par leur nom, et, comme le sujet, le milieu, les
personnages n'ont rien de noble, il y règne un réalisme si naturel que les délicats auraient tort de s'en
offenser.*

*Il faut considérer encore que le provençal n'est
plus parlé que dans les villages et dans les vieux
quartiers des villes. Une œuvre écrite en cette langue
ne peut donc se présenter véridiquement à nous que
sous les formes d'épopée paysanne, comme* MIREILLE,
ou de roman populaire, comme BAGATOUNI. *C'est seulement dans des œuvres de cette nature que ce langage peut manifester sa vie. Signe des esprits les
plus humbles, mais aussi les plus originaux et les
plus caractéristiques de toute une race, le provençal
a une incroyable richesse dans les mots bas, grossiers, injurieux, mais en même temps, expressifs,
imagés et colorés.*

Jamais, avant BAGATOUNI, *pareille preuve n'en
avait été donnée. Pour les passionnés de langage,
c'est une œuvre unique que ce roman écrit dans ce
dialecte marseillais qui roule en lui d'antiques voca-*

bles phocéens, des mots de toutes les sœurs latines et qui brille, chatoie, se colore et odore.

On ne retrouvera pas malheureusement ces quali-tés linguistiques dans le français qui ne se prête pas aux raccourcis, aux couleurs, aux reliefs, aux vio-lences. Il m'aurait fallu remonter au vocabulaire de Rabelais. Je me suis efforcé cependant de calquer partout la phrase française sur la phrase proven-çale. Je n'ai pas reculé devant des provençalismes et j'ai plié partout notre langue à mon modèle, répé-tant ses tournures, ses images, ses naïvetés, ses cru-dités, ses beautés.

Paul SOUCHON.

Paris, juin 1902.

I

L'ENTERREMENT

L'ENTERREMENT

— Nous n'oublierons jamais !... jamais ! ce que vous avez fait ! répétait la veuve sanglotante avec des hoquets d'émotion.

A ses pieds deux petits enfants pleuraient, cachés sous son tablier.

Le mort, les cheveux en désordre, sur sa paillasse éventrée, bâillait, la face rongée par les mouches.

Niflo, en balançant ses bras, de temps à autre, d'un revers de main, s'essuyait les yeux.

— Ah ! Jacoumin ! Jacoumin ! Mon pauvre homme !

Une sorte de stupeur les avait saisis. Ils demeu-

raient immobiles, tout tremblants, le cœur soulevé, effarés devant le mystère de la mort.

L'escalier bourdonnait sous un vacarme de
femmes et des voix hautes, des voix aigres de
commères disaient :

— *Té vé!* elle veut que j'y monte ! Montes-y,
toi qui n'as pas peur.

— Pauvre homme ! disaient certaines. Ils ne
veulent pas le dire, mais il paraît que c'est la variole. Ne voyez-vous pas ? Dans trois jours il a été
mort.

— Ce n'est pas étonnant ! Ces *babi* (1) sont tellement sales !

— Ils vivaient comme des sauvages !... et malheureux, ma belle !... Il n'y avait que Niflo, cet
imbécile, qui les fréquentait. On dit qu'il les nour-
rissait.

— Miette ! enlève les enfants, le corbillard est
arrivé.

Ce fut alors une rumeur, un bruit confus de
gens s'attroupant au dehors, des cris, des batailles
d'enfants.

Pendant ce temps, la mansarde s'emplissait de
gens étranges, de petits parents du mort. Des
Génois, des Napolitains montaient en faisant cra-
quer l'escalier et, sur le seuil de la porte, sans
parler, ils se plantaient en s'essuyant les yeux avec
de gros mouchoirs rayés et ils ne trouvaient rien à
dire, sinon :

(1) Voir l'index à la fin du volume.

— *Dio! Dio! Povero!*

Niflo, se sentant remarqué, mal à l'aise au milieu de ces Italiens et ne sachant plus quelle contenance garder, sortit à la dérobée et descendit au moment où les croque-morts montaient.

Les commères s'étaient sauvées du corridor. Toute la rue du Radeau était en révolution.

— Il est mort de la peste! disait-on.

Des femmes affolées entraînaient les enfants. Des fenêtres se fermaient. On se tenait le long des maisons. Le lavoir de la place de Lenche était rempli de monde. Seuls, quatre pauvres misérables Italiens attendaient, près du corbillard, que le cercueil fût descendu.

Niflo vint se frotter à eux en saluant d'un signe de tête.

— Eh! Niflo! lui cria-t-on de la gargotte Catanzano, en face, de quoi est-il mort, le pauvre?

— Le médecin a dit que c'était de la cholérine, répondit-il en reniflant, les fruits sont à bon marché, il en avait soupé en buvant de l'eau.

— Eh! Niflo! crièrent d'autres, ne fais pas le couillon! Tu risques ainsi d'attraper le mal de la mort!

— Allons donc! dit-il en reniflant sans interruption, vous auriez pitié d'un chien, pourquoi pas d'un homme?

Le cercueil introduit, le corbillard parcourut en cahotant la rue du Radeau, si étroite qu'à son passage les gens, en se signant, s'aplatissaient contre les maisons.

C'était une vraie pitié de voir ces cinq hommes silencieux derrière le prêtre qui, tout en murmurant ses prières, regardait stupidement aux fenêtres et s'embarrassait, sur des tas d'ordures, dans sa dalmatique trop longue.

On se jetait dans les couloirs. Des enfants chargés de crasse, à moitié nus, sales à faire peur, suivaient en pataugeant dans la boue.

Au coin de la rue Saint-Laurent, le convoi s'arrêta pour laisser passer un âne traînant des légumes.

Les femmes des maisons publiques, groupées à cet endroit, firent leurs réflexions.

— *Tiens ! Naples qui débarque !*

— *Trois tondus et un pelé, ont-ils l'air gavot !* (1)

— Adieu, pauvre ! Adieu, pauvre ! larmoyait un autre. Adieu pauvre... *babias !*

Le soleil tombait comme du plomb fondu. Il raidissait le linge étendu aux fenêtres, glissait le long des maisons, dessinant de fines ombres droites sous les contrevents à demi fermés et animant la rue étroite qu'il coupait en deux d'un va et vient de rayons éblouissants. Les ruisseaux brillaient comme de l'étain en fusion. Les immondices paraissaient fumer. Entre ces maisons si rapprochées régnait une chaleur de fournaise.

L'enterrement montait avec lenteur, cahoté et lamentable.

Les habitants de la rue Saint-Laurent, moins

(1) En français dans le texte.

effrayés que ceux de la rue du Radeau, se tenaient
sur leurs portes et se signaient à son passage.

Ceux qui suivaient le convoi ne parlaient plus.
Dès qu'un peu d'ombre les couvrait, ils ôtaient
leurs chapeaux et s'essuyaient la sueur en regardant là-haut, là-haut, à l'extrémité de la montée,
que dominaient des toitures à la génoise et où se
détachait en jaune d'or, sur un ciel bleu de
faïence, le clocher de Saint-Laurent.

Comme abêtis, sans pensées, assommés par la
chaleur, ils arrivèrent à la vieille église de Saint-
Laurent, tous à la débandade derrière le cercueil.

Le prêtre espagnol, dans sa hâte, était déjà debout
au milieu du chœur à marmotter des *De profundis*
et les croque-morts, qui avaient bronché contre les
escaliers, n'avaient pas encore déposé le corps sur
les tréteaux.

Les assistants, heureux de la fraîcheur de
l'église, entrèrent avec un soupir de satisfaction.

Les femmes des Italiens qui attendaient à
genoux sur les dalles, avec un grand foulard sur
la tête, s'inclinaient jusqu'au sol. Une troupe
d'enfants se traînait et traînait des chaises. Le
bedeau toisait, avec l'air de vomir, cette *babias-
saille*. Le prêtre achevait d'encenser en regardant
l'horloge et sans pouvoir retenir les bâillements
qui coupaient en deux sa face enluminée.

Niflo était écœuré. Il se tourna vers un bon
vieux qui était à son côté, et lui dit en reniflant :

— Quelle comédie ! S'il lui tarde d'avoir fini,
qu'il n'en fasse rien paraître, au moins !

— Eh! *basta !* répondit le vieux dans son jargon d'Italien, si vous en enterriez comme cela tous les jours, cela ne *vi* ferait pas plus que rien, un mort !

— C'est juste ! Mais s'il n'est qu'un comédien, qu'en tous cas il joue bien son rôle !

Un remuement des gens lui coupa la parole. La cérémonie était terminée. Les enfants se sauvèrent en criant. La caisse, avec un sourd craquement, roula dans le corbillard. Les cinq Italiens sortirent l'un après l'autre en se signant deux ou trois fois et en se baisant la main.

Niflo, à côté du vieux, continuait tout en marchant à pester contre le prêtre espagnol.

— Il est brave ! répliquait le vieux, c'est un brave homme. Je le connais depuis longtemps, ce prêtre, *povero* catalan qui est chargé des enterrements de la *poveriha* et qui crève de faim ! Tous les autres prêtres français se moquent de lui. Il est comme le bouffon de ces gens-là !

— Bon ! dit Niflo en reniflant de nouveau et en s'essuyant le nez avec sa manche, bon ! et il redevint pensif.

Puis, un instant après, le souvenir du mort lui revint :

— Pauvres gens !... et si braves !... Il travaillait là-bas, sur le quai au charbon. Tout ce que nous gagnions, nous le mettions en commun pour que la vie ne nous fût pas si mauvaise. Maintenant, que vont devenir la veuve et les enfants ?

— Vous êtes bien le *Sambucco* (1) qu'on appelle Niflo? Le pauvre vous aimait beaucoup. Il me parlait toujours de vous. Il disait que vous étiez sa providence... Maintenant la veuve portera des fardeaux et les enfants se feront décrotteurs.

— Pauvres gens ! Et dire qu'il serait si aisé d'être tous heureux ! N'est-il pas vrai que si ceux-là qui en ont trop donnaient leur superflu tout le monde en aurait assez ? Dans une famille tous les membres se portent secours, tous ont à cœur le bien-être et l'honneur les uns des autres. Pourquoi cela seulement dans la famille et non pas dans la société ? Alors on ne verrait plus de pauvres !

— Eh ! *sambucco*, c'est impossible !... Ce serait trop beau. *Poi*, qui veut travailler vit toujours. Le travail, c'est la famille du pauvre !

— Oui, le travail sauve de la misère... quand on le paie ! Mais les enfants, les faibles, les infirmes ? La veuve et les orphelins ne sont-ils pas de notre sang, de notre chair ? Qui donc aurait le front de les voir mourir de faim sans rien leur donner ? Et pourtant, le propriétaire les mettra à la porte ! La femme, si elle est trop faible pour travailler, ira mendier et les petits — peut-être — iront voler.

— *Que fare?* Toujours il en a été ainsi! On n'empêche pas la terre de tourner !.

—Ce n'est pas une raison parce que toujours il en a été ainsi pour qu'il en soit toujours ainsi ! La

(1) V. index.

société est comme une famille : quand un de ses membres tombe dans le mal, la famille en a honte ; quand il y a des malheureux et des meurt-de-faim, la société doit en porter le deuil ! Ah ! peu à peu, que de malédictions s'amassent !

En parlant, Niflo s'échauffait. Ses petits yeux chassieux lançaient des flammes, et les autres Italiens s'approchaient, étonnés, pour mieux entendre.

— *E vero ! é vero !* que c'est une grande *pietà* la quantité de pauvres qui se voit !

— Ah ! si nous le voulions tous ! Si nous le voulions bien ! Le mal s'évanouirait de la terre comme une fumée !

— Assurément ! Il y aurait quelque *cosa da fare !*

Ils étaient arrivés sur les quais. Une bande dépenaillée s'était mise à les suivre. Chacun, redevenu silencieux, laissait aller ses pensées au hasard des yeux.

On était aveuglé par la réverbération des quais tachés de brun de place en place par les filets que des pêcheurs raccommodaient assis par terre.

C'était l'heure où le *cagnard* (1) est désert. On voyait à peine quelques flâneurs attablés sous la tente des guinguettes et des *porteiris* (2) accroupies à l'ombre étroite des charretons.

Puis commença la farandole des voiles, avec le

(1) V. index.
(2) *Id.*

treillis des mâts et des gros bâteaux mâchurés de charbon, étalant leur couleur de suie sur tout un coin des quais et faisant paraître plus éblouissant le fond poudreux et lumineux où, au milieu du chapelet des maisons, se détachent la mairie et là-bas, là-bas, les Augustins qui ferment la vue avec leur grande façade blanche.

Niflo, en reniflant selon un tic qui ne le quittait pas, fixait le sol et balançait les bras, l'air pensif.

Le vieux, depuis un moment, le dévisageait avec intérêt et semblait mâchonner quelque chose.

— Quel métier faites-vous? dit-il, cordonnier, je crois?

Et comme Niflo ne répondait pas, il répéta sa question en lui touchant le bras.

— Oui, cordonnier, dit Niflo en se réveillant, cordonnier, je raccommode le vieux, les habitants du Radeau me font travailler... puis, je fais un peu du neuf pour les magasins... juste de quoi ne pas mourir de faim. Mais, pourquoi se plaindre? la vie est si peu de chose!

— Je *vi* demande cela, *perche* je pense à une chose qui pourrait se faire. Moi, je suis peintre et, si vous voulez, je vous proposerai *una cosa*.

— Qu'est-ce? Dites-le.

— Eh bien! j'aurais besoin *per* mon magasin d'une personne *per* garder, *per* répondre aux pratiques quand elles viennent, et, justement, si cela vous plaisait, vous mettriez votre établi dans un coin de mon magasin et vous travailleriez là.

1.

— Bien volontiers ! Mais cela dépend, pour mes pratiques à moi, de l'endroit où vous êtes. Puis, il y a autre chose : qu'y gagnerais-je ? Ne me faudrait-il pas garder ma petite chambre du Radeau ? Je ne vois pas les avantages qu'il y aurait.

— *Momento, Sambucco !* Que je vous dise ! *E non solamente* votre établi, *ma* votre lit encore, *perche* sur le magasin il y a une soupente où vous pourriez coucher. Moi j'ai une chambre sous les toits : *poi,* mon magasin n'est pas loin du Radeau, il est rue de la Mûre.

Comme ils étaient à hauteur de la place Gélu, il ajouta :

— Eh ! tenez, nous y sommes ! Venez ! Nous avons suffisamment accompagné le mort !

— Pauvres gens ! soupira Niflo une fois encore ; et ils abandonnèrent l'enterrement.

Comme ils mettaient les pieds sur la place, le vieux peintre fut arrêté dans un groupe de marins par un gros joufflu, aux yeux bordés d'anchois, et qui portait aux oreilles de petits anneaux comme en ont les Piémontais. Les mains aux poches de son gilet, il prenait des airs d'importance.

Au même moment cinq ou six loqueteux, assis sur le trottoir au bord du ruisseau, se levèrent. Sans chemises, ils montraient leur peau osseuse couverte de dartres. Leurs pantalons usés, troués comme des grilles, étaient brillants de crasse. Chargés de vermine et s'épouillant, avec cette fausse grimace pleine d'humilité des mendiants, ils s'approchèrent de Niflo, l'entourèrent, le prenant

par la veste, par le pantalon, lui touchant les
mains. Tous parlaient en même temps.

— Mes amis, leur disait Niflo, attendez encore un
peu... je suis à sec, je ne peux rien vous donner...
Pour toi, Tirasso (1), qui es le plus solide, j'ai
parlé au gros Roubaud et si tu veux lui faire son
Saint-Michel (2) tu pourras gagner quelques sous...
Tiens! Panisso! (3) comment vas-tu? Il y a longtemps qu'on ne te voit plus aux *fregi*... (4) Et toi,
Bedoulo (5), es-tu content? Le commerce des bouts
de cigares marche-t-il?... Que voulez-vous? Soyons
heureux et, baste, les oiseaux trouvent bien leur
pâture!

— Monsieur Niflo, *venite?*

Le vieux peintre, débarrassé de son gros jouflu,
naviguait dans la foule des Napolitains tassés sur la
petite place.

Niflo, laissant ses pauvres galeux, glissait comme
un serpent derrière lui.

Ils rasaient la fontaine de Gelu quand, d'une
troupe de Serbes accroupis sur le bord du bassin, un
grand bougre, la face bronzée, coiffé d'un fez, une
espèce de tartan autour du cou, se dressa comme
mû par un ressort et d'une voix sombre lui cria :

— *Ah! Nif! Nif! Toi bon! Bon pour pauvre! Toi
sauvé moi!* (6).

(1) V. index.
(2) *Id.*
(3) *Id.*
(4) *Id.*
(5) *Id.*
(6) Sic, dans le texte.

— *Sambucco*, l'ami! s'exclama le peintre, vous êtes donc le père *della poveriha*, et vous...

Branlant la tête, il acheva la phrase en lui-même. Il se toucha le front et, tournant la main, il eut l'air de se dire :

— Il est toqué!

Ils allaient entrer dans la rue de la Mûre.

Un cul de-jatte, semblable à un tas d'os plié en deux, tenant tout le milieu de la Coutellerie, vomissait une chanson. Il n'y voyait que d'un œil, l'autre était couvert d'un emplâtre noir. Une plaie mal fermée lui coupait la face, de telle sorte qu'il était véritablement impossible de le dévisager.

Mais Niflo, en gesticulant, vint lui parler comme à une vieille connaissance.

Le peintre fit la grimace, passa sur le trottoir et continua de marcher en se retournant de temps à autre.

Niflo et le mendiant suivaient lentement au milieu de la rue.

On était arrivé.

Le peintre ouvrit la porte vitrée :

— *Ecco!* fit-il à Niflo qui venait d'entrer en laissant son estropié sur le bord du ruisseau, *ecco!* Vous ne serez pas mal dans ce coin. La *baille* (1) de céruse, nous la mettrons ici. Celle de potasse qui gêne, au fond du magasin. *Poi*, un coup de balai... *E viva!* cela vous plaît-il?

— Pour sûr! je serai mieux pour travailler que

(1) V. index.

dans ma petite chambre si triste où le jour n'arrive que par une gorge de loup... Mais... pour coucher ? .

— *Qui soprà !* là-dessus !

Et le vieux monta à une échelle usée aboutissant à une sorte de soupente où l'on pouvait à peine se tenir accroupi. Un œil-de-bœuf prenant jour dans une cour lui donnait un peu d'air.

Cette soupente était bondée de vieilleries, de barils hors d'usage, de pots de couleur, de chiffons, de rebuts, de tuyaux de poêle, d'objets de toute nature. A chaque pas il fallait écarter quelque chose et s'appuyer à la muraille.

— Je vendrai toute cette balayure, dit le vieux. Vous ne serez pas mal, *que vi dico ! E'cco* le lit contre la fenêtre... avec deux chaises... ce sera la chambre du roi !... Eh bien ! qu'en dites-vous ? Cela vous plaît-il ?

Niflo ne répondait pas. Il semblait réfléchir à une idée qui lui souriait.

Tout d'un coup, il dit brusquement :

— Oui ! cela peut aller ! Cela va bien ! Mais j'ai avec moi une orpheline, une fillette que j'ai adoptée. Elle pourrait coucher ici. Moi, en bas, je m'arrangerai toujours. J'ai l'habitude de dormir sur un vieux canapé. Un canapé, cela ne vous embarrassera pas de trop. Oui, je crois que cela peut aller !

— *Sambucco !* s'écria le peintre, étonné. Une fillette ! Une fillette ! Un canapé dans le magasin ! *Non si pode ! Non si pode !*

— Alors, tant pis! C'est comme si nous n'avions rien dit et je m'en retourne au Radeau.

— *Momento!... Ma!*

Le peintre restait perplexe et marmottait à voix basse :

— *E molto difficile trovare alcuno per guardare, e n'ho bisogno!*

Puis, plus haut :

— *Ma!* Une fillette?... Est-elle jeune ?

— Treize ans. Elle va à la Petite Œuvre. Elle est sage et, pour sûr, elle ne gênerait pas... Tant pis! je m'en vais.

Et Niflo prit la porte.

— *Momento!* Ecoutez!... Oui!... j'ai une idée. Si vous couchiez dans ma petite chambre sous les toits?... la fillette coucherait dans la soupente... Elle n'aurait pas peur?

— Je ne sais! Nous verrons! répondit Niflo redevenu souriant à cet arrangement.

— *Dunque*, à demain?... *E viva!* Tout ira bien! En travaillant, vous verrez passer le monde... *E viva!... Que cosa è la vida?*

— Une longue épreuve. A demain.

Et Niflo remonta la rue de la Mûre tout en causant avec son estropié.

II

NIFLO

NIFLO

D'une taille ordinaire et le corps plié en deux par le travail, pâle, maigre, les cheveux longs, il ressemblait à un *Ecce homo* et vous l'auriez dit, ce pauvre Niflo, à ses derniers moments.

Il était comme une ombre et sa démarche légère le rendait encore plus fantômatique.

Cependant une vigueur singulière se devinait en lui. Nerveux jusqu'à la violence, il était ce qu'on appelle un emballé.

Ses yeux bridés, tout petits, toujours chassieux, brillaient de fièvre, remueurs et inquiets, dans sa face pâle extraordinairement expressive, face d'illuminé au front haut et fuyant.

Mélange étrange de beauté et de trivialité, ses lèvres épaisses lui faisaient une bouche de nègre aux commissures baveuses par l'habitude de la chique, sa barbe rare et raide donnait à sa peau l'aspect d'avoir eu des dartres, et, reniflant sans cesse, son nez violacé achevait un ensemble pitoyable qui contrastait avec le haut de la tête régulier aux lignes de visionnaire.

Entre les sourcils, un pli droit, énergique, indiquait la tension de la pensée, la volonté dominant la sensualité de la bouche et la tristesse désenchantée gravée sur la figure entière.

Il détonnait au milieu de ces pauvres, malgré son air galeux. Il n'avait rien des vices de la misère : il ne buvait que de l'eau et se tenait propre.

Ses vêtements pouvaient être en loques, ses savates usées jusqu'à la corde, ses chemises déchirées, on ne lui voyait pas seulement une tache. Ses mains, malgré les verrues du métier, étaient toujours lavées. Il avait des doigts de femme, allongés et indiquant une origine distinguée.

Mystique et superstitieux, d'une extraordinaire bonté qui s'étendait à tout et partout, il était marqué pour être malheureux toute sa vie. Une sorte de fatalité semblait le suivre. Il le croyait et le disait.

Des malheurs de tout genre l'avaient accablé.

Encore enfant, juste au sortir de l'école, il s'était trouvé seul, à la grâce de Dieu, avec sa mère infirme, sa pauvre mère qui ne pouvait plus remuer du lit, n'ayant pour ainsi dire plus de vivant que la tête.

Des années et des années s'étaient ainsi écoulées à un cinquième étage, sous les toits : une longue agonie !

Et pourtant, quand il y pensait, c'était avec un souvenir poignant de douceur et de mélancolie.

Quelque temps avant de mourir, son père, qui était savonnier, l'avait fait entrer, avec la protection de son patron, dans un bureau pour faire les courses.

Son brave père ! mort si tristement d'un coup de couteau qu'un Piémontais lui avait donné !

Ses souvenirs étaient bien un peu nuageux. Il ne se rappelait pas trop comment ils faisaient pour vivre. Il lui semblait vaguement qu'ils devaient se soutenir avec des secours qu'on leur envoyait.

C'est alors, étant donné qu'au bureau on ne voulait presque plus le payer, qu'il était entré chez un cordonnier, un brave boiteux qui chantait de l'aube à la nuit — et il riait rien que d'y penser.

Là, il fut vite au courant du travail et capable de gagner quelques sous.

Tout cela était bien loin et bien confus dans sa tête.

Mais, ce dont il se souvenait le mieux, ce qui avait fait une empreinte dans son esprit de rêveur, c'étaient ses lectures, ses premières impressions merveilleuses ouvertes sur le monde de l'idéal.

Le soir, après sa journée, dans son cabinet du cinquième étage, à la mauvaise clarté d'un *calen* (1), il lisait à sa mère des livres qu'il se faisait prêter, il lisait avec passion et, sa mère endormie, il lisait encore presque toute la nuit.

(1) V. index.

C'étaient les *Mille et une Nuits*, c'était *Paul et Virginie*, les livres douceâtres de la *Bibliothèque Rose*.

Il vivait ses lectures, croyant aux enchantements, aux fées, espérant trouver des talismans ou se rendre invisible. Les esprits, à son commandement, faisaient surgir des palais de diamants. Il devenait un nouvel Aladin. Des jardins de délices dansaient devant lui. Puis, en lisant *Paul et Virginie*, il lui arrivait de pleurer sans pouvoir finir la page.

Les livres d'enfants, à sentiments tendres, les vieux livres de prix, toute la série y passa.

Sa nature de rêveur s'accentuait de plus en plus. Chaque jour il s'enfonçait dans ses songeries. Pendant que ses mains se livraient machinalement au travail, son esprit voyageait bien loin, dans des pays fantastiques.

Sans camarades, sombre d'humeur, aimé pourtant pour sa douceur et son air maladif, il passa ainsi le plus beau temps de son existence dont il pouvait se souvenir, temps d'insouciance enfantine devant la misère et les orages de l'avenir.

Ces orages vinrent un jour, le pauvre !

Sa mère morte, il se revoyait cheminant vers le cimetière, lui, son patron et deux voisins, se crottant dans la boue, par un long jour de pluie.

Et *balalin !* et *balalan !* Combien triste, triste et sans fin avait été la route vue à travers ses larmes !

Oh ! le déchirement dernier ! le balancement du

corps roulant dans le trou ! l'écroulement de la
terre lancée à pelletées !...

Ces trois pauvres gens, fatigués, souillés par la
pluie, tête nue et pleurant de le voir pleurer
l'avaient arraché à sa douleur délirante.

Il ne pouvait comprendre comment il n'en était
pas mort, comment il avait fait pour retourner en
ville traîné par ces malheureux. La vie est si peu
de chose ! Comme, alors, il serait allé, sûrement,
se briser le crâne, s'il avait été seul !

Tout s'écroulait, tout s'approfondissait...

Il gardait le souvenir, comme si c'était d'hier, de
cette longue et poignante nuit passée dans l'atelier
où son patron, par pitié, lui avait dressé un lit, ne
voulant pas qu'il dormît dans la chambre de la
morte.

Quelle nuit ! quelle nuit d'angoisse !

Ne pouvant plier l'œil, il avait entr'ouvert un
Évangile qui, par hasard, traînait sur une étagère.
Il avait lu, d'abord distraitement, les yeux nuageux de larmes, puis plus attentivement, puis avec
passion.

Étranger à toute idée religieuse, il ne s'était jamais demandé d'où il venait ni où il allait.

Tout le mysticisme de sa nature qui sommeil-
lait en lui se réveilla soudain : ce fut un éblouis-
sement, une révélation, un baume.

C'est ainsi que ses pensées sentimentales qui
avaient grandi dans la solitude, en portant en
germe un monde d'idées, n'attendaient que ce
rayon de soleil pour jaillir tout d'un coup.

Superstitieux comme tous les contemplatifs, il
établit soudain une relation entre la mort de sa
mère et cette lecture calmante et il crut à une sur-
naturelle intervention de la pauvre âme.

Sa vie, changée brusquement, lui fouetta le
sang et le cerveau.

Une transformation s'accomplissait : la chenille
devenait papillon.

Il s'était attaché à son patron comme à un père
et il continuait de coucher dans le magasin au milieu des cuirs, dans des odeurs de poix et de pâte
rancie.

En même temps, il achevait son instruction de
bohémien, au hasard des livres prêtés.

De ses impressions, de ses observations, de ses
réflexions il s'était fait une idée de la vie toute
particulière, une idée simple qui lui venait il ne
savait d'où : c'est qu'il fallait vivre pour les autres
et chasser l'égoïsme qui change chacun de nous
en bête féroce dès que l'intérêt est en jeu.

Si bien que l'individualisme lui semblait un
vice, un obstacle à l'épanouissement de la vérité.

La personnalité humaine devait être collective.
Il voyait comme un immense courant de vie qui
s'approfondissait dans la matière et qui, s'y mor-
celant, se changeait en milliers d'organismes.
Puis, dans le mirage trompeur des formes, dans
l'obscurité et l'épaisseur matérielles, il voyait cette
flamme subtile de vie cherchant la vérité à travers
les sensations et se laissant si facilement égarer !
L'homme, au lieu de vouloir rebâtir dans le mor-

cellement des intérêts l'unité primitive de la vie,
c'est-à-dire le bonheur de chacun formé du bonheur des autres, l'homme, à ses yeux, ne cherchait que son propre intérêt et luttait sauvagement pour amasser, amasser de plus en plus.

Toutes ces pensées se heurtaient en lui, obs-
cures, non encore tirées au clair, mais profondé-
ment senties.

Il se faisait aimer de tous. On le traitait même
d'imbécile à cause de sa volonté au travail et de
son désintéressement.

Il répondait toujours aux plaisanteries :

— Ne disons pas aux autres ce que nous ne vou-
drions pas qu'on nous dise.

A cette époque de fermentation morale un ob-
jet, quel qu'il fût, prenait une étrange idéalité.

Il revoyait, comme en extase, la fille de son patron, le pauvre boiteux, Fineto, comme on l'appelait, si gentille, d'une voix si bien sonnante, d'une
démarche si légère qu'elle ne semblait pas toucher
à terre ! Les anges, pour sûr, devaient être comme
elle !

Il l'avait constamment aimée, sans rien oser dire,
craintif, tremblant devant elle, jusqu'au jour où
une pneumonie l'avait volée à la vie !

Toujours la malechance sur lui ! Partout où il
entrait, il y avait des morts ou des malades ! Trois
mois à peine après avoir enterré sa pauvre mère,
voilà Fineto qui meurt, hélas !

Le père qui était veuf, le malheureux, en voyant
partir sa fille vit partir sa raison et demeura hébété.

Niflo prit donc la direction de l'atelier, soutenant
le vieux, le consolant, le berçant comme une mère
son petit, lui parlant toujours doucement, en souriant, pour calmer ses souvenirs.

Il menait la barque avec sa bonté naturelle, si
bon que la maison en était au pillage et qu'il n'osait
pas faire des reproches à ses ouvriers.

Moralement il se transformait et devenait de plus
en plus visionnaire, bien qu'il recherchât les lectures sérieuses.

A cette époque on commençait à parler du so-
cialisme. Il en était très curieux sans qu'il pût se
le faire expliquer. Les conversations qu'il avait
là-dessus avec ses voisins et ses ouvriers ne faisaient que l'égarer davantage.

Il lui semblait que cela s'accordait assez bien
avec sa conception naïve du travail — le travail
manuel, il n'en comprenait pas d'autre — le travail
utile de tous pour tous : d'abord celui de la terre
qui donne le pain, puis celui qui habille et protège
l'homme contre les malveillances de la nature. En
dehors de ce double travail, le restant n'est-il pas
que fantaisie? Et la fortune, c'est-à-dire le droit de
ne rien faire, lui paraissait une abomination, le
pain enlevé à la sueur du pauvre, la volerie des
voleries.

Quand il était sur ce chapitre, il s'échauffait.

Comme il avait fait de l'Évangile son livre de
prédilection, il était étrange de le retrouver mêlé
à ses rêveries de réforme sociale. Ainsi, pour la
paye du travail, il ne se lassait pas de répéter la

parabole des ouvriers de la vigne et il faisait tenir
tout son idéal dans ces maximes : que personne ne
devait être plus grand que les autres, que personne
ne devait dominer ses frères, que la nature n'avait
fait ni maître ni serviteur.

Avec de telles idées et croyant les autres comme
lui, il mettait tout en commun à l'atelier et il se
trouvait volé comme dans un bois, entre des gens
se moquant de lui sans le comprendre et le pauvre
boiteux, souriant et pleurant, de plus en plus
hébété.

Puis, une nuit — nuit horrible ! — ses cheveux
se dressaient en y pensant ! — tout flamba. Un feu
qu'on ne peut décrire dévora la maison le laissant,
lui, pauvre Niflo, nu et cru à la belle étoile.

Le feu, prenant tout à coup avec une violence
furieuse, était parti d'une fabrique d'huile. En un
clin d'œil tout brûlait ; les maisons d'en face se
calcinaient. Les gens, affolés, se sauvaient à moitié nus. Les matelas, les lits, tout passait par les
fenêtres. On y voyait comme en plein jour. Les
pompiers avaient beau jeter de l'eau : l'huile en-
flammée coulait dans les ruisseaux. Quelle épouvante ! Les femmes, les filles, les enfants hurlaient
désespérément dans le crépitement des flammes, le
pétillement des étincelles éparpillées par le vent, le
fracas de tonnerre des toitures s'écroulant ! Sur un
fond de braise éblouissant, un entassement de gens
noirs gesticulaient. Et le vieux, le pauvre fou souriait pendant que lui, Niflo, le traînait loin du bra-
sier qui lui limait la peau tellement il était ardent !

Puis la rage le prenait de se battre contre le feu, à l'horrible pensée que de pauvres gens s'étouffaient ou se cuisaient dans leurs maisons.

Pour la cinquième fois, il venait de se sauver par miracle après avoir essayé de rejoindre une pauvre veuve qui, d'un premier étage, lui tendait une petite fille à demi morte de peur.

Pourtant, le feu s'étant calmé pendant un moment, il avait réussi, en escaladant le long de la gouttière, à pénétrer par la fenêtre. La mère était morte écrasée par une poutre et l'enfant semblait folle. Niflo la saisit rapidement au moment où tout allait s'ombrer, enjamba la croisée et sauta dans la rue. Il n'était que temps : le toit s'écroulait avec un bruit d'enfer.

Pendant ce temps, le vieux boiteux, toujours riant, se heurtait à des solives carbonisées, tombait sur des bois à moitié calcinés, et il se démontait une épaule en se détournant les jambes.

A l'aube, Niflo se trouvait encore devant l'incendie avec son orpheline sur les bras, à la grâce de Dieu, ruiné, sans un sou pour s'acheter du pain.

Son patron, le pauvre fou qui s'était heurté si malheureusement, venait d'être transporté à l'hôpital.

Que devenir ?

La petite se cramponnait à lui avec un air si désespéré !

Que faire ?

Fort heureusement un de ses ouvriers arrivé dès

que l'incendie avait été connu en ville lui offrit
pour refuge sa table et sa maison.

Depuis lors, il vivait à l'aventure, travaillant
comme un forçat pour élever l'orpheline qui l'appelait papa.

Il avait loué au Radeau une mansarde sous un
toit. Des économies amassées péniblement, il avait
acheté un rideau d'indienne à grands ramages pour
faire une séparation entre son lit et celui de la petite. Une vieille malle lui servait de table et d'armoire tout à la fois. Des sacs hors d'usage étendus
par terre étaient les descentes de lit. Sous l'œil
de bœuf, devant son établi, il travaillait, travaillait,
le cœur plein de l'orpheline blonde et caressante
qui lui disait si bien : papa.

Les années s'enfuyaient, apportant toutes le
même traintrain de vie, la même misère découra-
geante.

L'enfant avait grandi. Les sœurs, à la Petite-
Œuvre où elle apprenait un métier, en étaient
folles tant elle était gentille.

Les gens de la maison les aimaient. Pour qui que
ce fût, Niflo se mettait en dix-huit.

En travaillant comme il travaillait, il aurait bien
pu s'économiser quelques sous, mais, trop bon et
d'une charité allant à la folie, il traînait après lui
une bande de déguenillés, une troupe borgne de
fainéants, la main toujours prête à recevoir.

Dans la gueuserie cela se disait. Chaque jour, le
samedi surtout, l'escalier s'emplissait de pauvre
monde.

Une légende commençait à se faire autour de lui et dans le quartier de la place de Lenche, quand il passait, on se le montrait du doigt en disant :

— *Vé !* Niflo, le père de la *pauriho !*

De jour en jour sa réputation s'étendait, à tel point qu'il ne pouvait plus faire un pas sans être suivi de quelque malheureux.

Tous les misérables de *Bagatouni* (1) le connaissaient et il les connaissait.

Cela finit même par devenir si fort que les gens de la maison s'en plaignirent. Car il y avait continuellement un tel va-et-vient de dépenaillés qu'on ne pouvait pas laisser une porte ouverte.

Niflo, en souriant, se contentait de hausser les épaules et il disait :

— Nous ne sommes pas meilleurs qu'eux. A leur place, peut-être, qui sait ce que nous ferions? Aimons-nous ! Secourons-nous ! Il n'y a que ça pour être heureux !

Précisément, à cause de cela, les choses tournèrent mal pour lui dans la maison le jour où il vint en aide à ce malheureux *babi* atteint de cholérine.

Ce fut, pour les locataires, le comble de l'abomination. On disait qu'il soignait un varioleux. On le fuyait comme la peste.

C'était à n'y plus tenir.

Quand il entrait, quand il sortait, les gens se levaient de devant lui.

(1) V. Index.

La marmaille, à force d'en entendre parler dans les maisons, avait fini par le pourchasser en criant tout le long du Radeau, quand il passait :

— Enfermez-vous ! Voici Niflo !

Et, le suivant de loin, elle bramait :

— Il a le mal ! Il a le mal ! Garez-vous !

La propriétaire qui avait un commerce de pâtes à la Caisserie, effrayée de ce qu'elle entendait dire et de la révolution que cela faisait dans la maison, lui donna congé en lui disant qu'elle avait besoin de la mansarde.

Le même jour, le pauvre Jacoumin bâillait ses derniers bâillements.

Aussi, comme le cœur lui avait sauté à la proposition du vieux peintre ! Comme il lui souriait de se voir installé dans ce magasin bigarré de couleurs sales ! Et, par-dessus tout, les économies qu'il pourrait faire !

A ces pensées, il se sent plus léger, il chemine avec un bon sourire vers son Radeau qui lui paraît bien triste et où il a passé tant de jours languissants.

— Et Fifi, se dit-il, c'est Fifi qui va être joyeuse, elle qui aime tant se tenir sur la porte du couloir ! Il lui faut des distractions, à cette enfant ; là, au moins, je l'aurai toujours sous les yeux et je pourrai la surveiller dans ses jeux.

Il aurait embrassé tout le monde, il se sentait débarrassé d'un poids énorme.

La nuit vient. Elle semble monter des rues en noircissant les maisons. La bande allongée de

ciel qui se voit entre les toitures garde encore une
dernière clarté pâlote. C'est une pénombre où
plus rien ne se distingue. Les mères appellent
leurs enfants. Les journaliers revenus du travail
causent sur les seuils. Des matelots passent et re-
passent. Dans la caverne des boutiques de petits
calen s'allument comme des vers luisants. Au ciel
aussi le *calen* des étoiles s'allume. La nuit a tout
couvert d'ombre.

Et Niflo dans l'escalier :

— Fifi! crie-t-il, fais-moi lumière!

Fiévreux, il entre en riant, l'embrasse et lui dit :

— Devine?

— Quoi, papa? lui répond-elle.

— Devine? lui dit-il encore; et il ajoute avec un
nouveau baiser :

— Sais-tu? Demain nous nous en allons d'ici !

III

LE MAGASIN DE BACHI

LE MAGASIN DE BACHI

Une tranquillité, une fraîcheur humide, avec des odeurs de melons et de balayures dans l'ombre rafraîchissante de la rue étroite où le soleil ne fait que glisser...

C'est le repos du plein jour avec le bruit sourd de la ville, comme la respiration géante du travail.

Et le pin-pan du chaudronnier, le pleurnichement de quelque enfant, le tic-tac de Niflo travaillant rompent seuls le silence de cette partie de la Mûre qui s'élargit comme un entonnoir en montant vers la Grand'Rue.

La Grand'Rue et la fourmilière de gens s'engouffrant vers la Poissonnerie-Vieille font comme un murmure continu qui ressemble à la plainte de la mer, moins le rythme des vagues.

Ainsi le soleil s'esquive, les heures passent, martelées par le pin-pan du chaudronnier, le pleur-nichement de quelque enfant, le tictac de Niflo tra-vaillant.

Son installation a été vite faite.

Le vieux peintre, d'un coup de main, avait dé-barrassé le coin derrière la vitre. Tout le rebut de la soupente, à l'exception du poêle, avait été vendu à un chiffonnier de Saint-Martin. Avec de l'ordre un peu partout, ils avaient trouvé plus de place qu'ils ne le croyaient. Et Fifi riait comme une folle de se voir perchée au haut de l'échelle pendant que Niflo lui faisait passer les couvertures.

Ces tracas les avaient tenus toute la matinée, in-triguant les voisins qui s'étaient plantés sur leurs portes.

Le vieux peintre suait et deux ou trois fois déjà avait dit à Niflo :

— Si nous allions boire? Vous n'avez pas soif?
Mais Niflo ne lui répondait pas ou disait :
— Tout-à-l'heure.

Il était occupé à reclouer son établi à moitié brisé dans l'escalier en faisant Saint-Michel.

— *Eh! Dio!* finit par s'écrier le vieux, vous n'avez jamais soif! *Dunque!* Moi, je n'y tiens plus!

Il allèrent boire un coup à côté, chez Casenovo, une buvette sombre où tables, chaises, murailles, semblaient souillées de vinasse.

— *Ecco!* fit le vieux en rentrant, *ecco* Pipa! Je vous présente mon associé !... mon représentant ! ajouta-t-il en riant et en faisant le beau.

Du fond noir de la buvette une voix enrouée
grommela quelque chose qu'ils ne comprirent pas :
c'était Pipa qui se levait du milieu d'un groupe
absorbé à jouer aux cartes.

—*Ecco* Pipa! répéta le vieux en riant, *ecco* mon
représentant, mon associé dont je vous ai parlé
hier... Et faites-nous boire!

Le groupe des joueurs se retourna. Un d'eux, à
voix basse, dit :

— Tiens! Niflo!

— Ah! c'est vous! répliqua Pipa en s'adressant
à Niflo avec le flegme des gens à grosse couenne.
C'est vrai! Bachichin m'avait parlé de vous... cela
me fait plaisir... bien... bien... Que voulez-vous
boire?

— Que buvez-vous, *Signor* Niflo? fit le vieux.
C'est l'heure de l'apéritif. Un pernod?

Niflo n'osa pas refuser.

—Baste! dit-il, mais léger, rien que de l'eau, j'ai
l'estomac détraqué.

— Eh! *Sambucco*, cela vous le remettra en place!

Le gros Pipa, en versant l'eau :

— *Alora*, dit-il, *avete veduto quello...*

Et il entama une conversation en italien avec le
vieux peintre Bachichin.

Niflo, pendant ce temps, regardait autour de
lui.

C'était, comme tant de trous borgnes de Bagatouni, un mauvais comptoir, des bancs et des éta-
gères pour les bouteilles; près de la porte de la
rue, une petite table ronde en fer dévernie et

rouillée. Tout cela parmi des flaques d'eau, avec une odeur de sciure et d'enfermé à vous soulever le cœur.

Collées aux murs peints en vert d'eau et crasseux jusqu'à hauteur d'homme, on voyait des images napolitaines représentant le Vésuve. Une vieille armoire montrait des essuie-mains huileux.

Dans le fond, dans un coin plus sombre, le groupe des joueurs s'avachit. Tassés les uns sur les autres, ils appuient leurs coudes aux épaules, se renversent contre les bancs ou s'étalent sur la table. Celui-ci s'arc-boute à la muraille, les mains derrière la tête. Cet autre, les jambes allongées sur un tonneau, laisse pendre ses bras. Tous, en étouffant des bâillements, ont l'air d'attendre avec ce regard effronté et méfiant tout à la fois, le regard pénétrant et fouineur des gens à métiers louches, à pensées doubles, rongés par la paresse et l'ivrognerie.

Niflo, gêné de se sentir examiné, avait fini par tourner la tête du côté de la rue.

Bachichin et Pipa, accoudés sur le comptoir, sans faire cas de lui, continuaient en baissant la voix à parler italien.

Les joueurs riaient en dessous de quelque plaisanterie se rapportant à Niflo, car ils ne le quittaient pas des yeux.

Celui-ci, à la fin, agacé, après avoir bu son verre, levait gauchement la main à son chapeau pour s'en aller, quand :

— Alors, Niflo, tu ne me reconnais pas? fit l'un

des joueurs, celui qui, à voix basse, l'avait désigné
à ses compagnons. Tu ne me reconnais pas?

— Non, dit Niflo en se retournant et en s'avançant vers la table... Si, pourtant, il me semble
vous avoir vu, mais je ne peux pas me rappeler
où...

L'autre, avec un sourire faux, le regardait en
dessous :

— Voyons! tu ne te rappelles pas *Marrid-ferri* (1),
le fils de *misé Barrouga*, la marchande de *panisse* (2).

— Ah! c'est toi? Pour sûr que je ne t'aurais pas
reconnu! Pour le coup, il y a bien six ans que je
ne t'avais pas vu! Et ta vieille mère, la brave misé
Barrouga, que devient-elle? Est-elle toujours en
vie?

— Ma mère? Qu'un tonnerre de Dieu la vide!

Niflo, à ces mots, resta interdit. Un mouvement
de cœur lui fit monter le rouge au visage, il ouvrit
la bouche pour répondre violemment, mais se ra-
visant, il se contenta de dire :

— Pauvre vieille, elle est si bonne!

— Bonne, dis-tu? Une mère qui m'a toujours
laissé crever de faim! Tout petit, elle me faisait
courir pieds nus et l'hiver elle m'envoyait coucher
dans l'escalier. Madame préférait sa fille, elle n'a-
vait des yeux que pour sa fille! Moi, je n'étais rien,
rien qu'un *nervi* (3)!... Ah! si je voulais tout
dire!... Tiens! figure-toi qu'un jour...

(1) V. index.
(2) *Id.*
(3) *Id.*

Niflo n'écoutait plus, tombé dans de tristes pensées en face de ce voyou ignoble et dégoûtant qui crachait contre sa mère.

Il se demandait comment cela se pouvait faire. Des natures devaient forcément naître mauvaises pour tourner ainsi, malgré le bon exemple et l'amour des parents. La misère ne lui semblait pas suffisante à rendre l'homme mauvais.

Avec une observation pénétrante il retrouvait tous les beaux traits de la mère grimaçants et changés en laideur chez l'enfant.

Ainsi, le front étroit mais bien proportionné, devenait encore plus étroit, bas et couvert de bosses. La fermeté carrée de la tête devenait une ganache crispée par la colère. Les yeux un peu rapprochés l'un de l'autre, les yeux si beaux de la mère, se trouvaient, dans l'enfant, si proches qu'ils lui donnaient un faux air de loucher sous des sourcils buissonneux qui se touchaient presque. La figure à plans souples de pêche mûre se changeait dans l'autre en face pétrie à coups de poing, ridée, sans rien de régulier ni d'équilibré.

Combien de tempêtes devaient s'amonceler dans cette tête dominée par les passions violentes et n'ayant pas seulement la moindre lueur d'amour !

Et Niflo, sorti de ses réflexions, sans avoir rien entendu du long bavardage du nervi, lui dit, comme conclusion, en se tirant vers la porte :

— Oui, tu passais pour une gouape, mais... depuis... à ce que je vois, tu t'es fait !

Il s'en alla.

Bachichin et Pipa, accoudés sur le comptoir, finissaient de se raisonner.

Niflo se sentait entouré de gens méfiants. Le quartier, de mauvaise réputation, avait quelque chose de répugnant qu'il ne savait s'expliquer.

Mais, bah ! l'installation est terminée, le peintre est parti pour aller travailler à une devanture, et Niflo, à l'étroit derrière le vitrage, tire le ligneul en regardant Fifi qui balaie sur le trottoir.

Elle est fluette et agile. Avec une grâce un peu gauche, elle fait aller le balai et elle s'essaye à chantonner.

Elle est joyeuse plus qu'on ne peut dire, son petit visage souffreteux resplendit : elle est si contente de se voir dans un magasin !

Avec des gestes enfantins, pareils aux jeux d'un petit chat, elle avait voulu tout voir avec ses mains. Elle avait pris quelques pinceaux et riait comme une folle, déjà toute barbouillée de couleur.

Il faut dire, aussi, que c'est jeudi et que ce jour-là elle ne va pas à la Petite-Œuvre.

Blonde comme un fil d'or, les cheveux embrouillés, mal accoutrée dans sa petite robe noire, son joli petit museau ressemble à une fleur de cassis sur une grappe de mûres.

Elle va et vient en balayant. Le trottoir est bien étroit, mais pour ses petites mains il y en a de reste. De temps en temps elle s'arrête pour relever ses cheveux qui lui viennent dans les yeux et elle sourit à voir Niflo raccommoder un vieux soulier.

En face, sur la porte du marchand de vin. — un

Grec qui tient des chambres meublées — deux
femmes se carrent, tenant tout l'escalier. Sur leurs
têtes un drapeau crasseux rayé de bleu et de blanc
les évente en s'agitant.

Les deux femmes prennent le frais, et causent
en regardant Fifi balayer.

L'une, qui doit être la patronne, couenneuse et
mamelue, pas trop laide malgré ses yeux gris,
son poil roussâtre et sa chair molle, s'étale sans
corset, les seins gonflés comme des gourdes.

Vêtue d'une sale camisole noire, l'autre, la figure
d'une fille qu'on jurerait peinte, maigre, osseuse,
avec une tête comme taillée à coups de hache, fait
tinter, tout en s'épouillant, des bracelets d'étain.

Au moment où Fifi fait tomber la balayure dans
le ruisseau, elle lui demande :

— Petite, de qui es-tu?

— Papa, répond-elle en lui montrant Niflo, papa
travaille ici.

Niflo, à ces mots, lève la tête.

Et la grosse mamelue :

— Elle est à vous, cette enfant? Comme elle est
gentille !

Fifi, rougissante, la regarde.

— Gentille? dites-vous, enjouée ! répond Niflo.
Elle aime bien le travail, mais elle préfère le jeu !

— Ah ! c'est son âge ! Que voulez-vous ! répartit
la maigre. Comment l'appelez-vous?

Et, en même temps, faisant signe à Fifi de venir:

— Viens, je te donnerai des bonbons...

Puis, se levant, elle entre dans la boutique.

Avec un œil curieux, Niflo se penche un peu pour voir.

Cela avait l'air tout à la fois marchand de vin et café de femmes, avec deux tables en marbre et des robes pendues le long de la tapisserie.

On ne distinguait pas autre chose, de gros rideaux épais couvrant les vitres.

Fifi avait traversé et la grosse mamelue, lui passant les mains sur la tête, lissait ses cheveux blonds tout en la caressant.

— Qu'elle est joliette ! Tu vas à l'école ?

Mais Fifi, habituée à lire dans les yeux de Niflo, était devenue soudain timide et sauvage : son père adoptif la regardait avec des yeux inquiets. Cette familiarité lui déplaisait et, par-dessus tout, l'air de ces deux femmes.

Une ombre se posa entre eux : c'était un gros corps d'homme tenant tout le milieu de la rue.

Niflo reconnut le joufflu qui, la veille, avait arrêté le peintre sur la place Gelu.

Il suait et s'épongeait le front.

Enfin, sans monter sur le trottoir, et avec une voix de gorge comme en ont les gens de mer, il dit :

— *Salute !* Bachichin n'est pas là ?

Niflo s'était levé et, s'avançant sur le bord du ruisseau :

— Non, mais Fifi va aller le chercher — Fifi ! cria-t-il.

En se penchant il la vit sortir avec la maigre pendant que la grosse mamelue riait d'un rire qui faisait sursauter sa tripaille.

La petite avait les joues en feu et tenait dans ses mains un papier plein de berlingots.

D'une voix aussi grosse qu'il put la faire, il envoya Fifi chercher le vieux peintre, puis, plus avenant, il pria le gros joufflu d'entrer et de s'asseoir.

Mais l'autre aimait mieux attendre au milieu de la rue. Il se gonflait, les mains aux goussets, ou faisait le beau en se séchant le front.

Il y avait un bon moment qu'il attendait en se tournant tantôt d'en haut, tantôt d'en bas.

Niflo, embarrassé, avait repris son ligneul en pensant au rire de la mamelue et à la gourmandise de l'orpheline.

Cela ne lui allait pas et il se proposait de donner une bonne leçon à la petite coquine. Il lui défendrait de voir ces femmes qui, pour sûr, ne devaient pas valoir grand'chose...

Et il tirait le ligneul avec rage, pris il ne savait de quelle inquiétude...

Un bruit de pas et de voix s'exclamant, puis Bachichin, cérémonieux, poussant devant lui un prêtre et lui disant :

— Attendez-moi un moment, reposez-vous, j'ai à parler *collo signore capitano*...

Le prêtre, rieur, entra dans le magasin en serrant sa soutane et, familièrement, il s'appuya contre un baril.

Bachichin avec le capitaine se raisonnaient au milieu de la rue et descendaient vers la place Gelu, lentement, avec de petites pauses.

Le soir passait, le soleil était bas et l'ombre envahissait les maisons.

Niflo, qui avait reconnu dès l'abord le prêtre espagnol, sentait de plus en plus croître sa mauvaise humeur.

Il appela Fifi qui jouait sur la porte, lui reprocha sa gourmandise et lui défendit d'écouter ces femmes.

Fifi, qui ne comprenait rien à ce flux de paroles, faisait la moue en répétant :

— Je le ferai plus, pa !

Le prêtre espagnol finit par dire :

— Pauvre *nina !* Ne criez pas tant, qu'elle va pleurer ! c'est de son âge d'être gourmande !

— Cela vous est bon à dire, à vous ! répliqua Niflo d'un ton hargneux.

— La gourmandise est un péché véniel, ce n'est pas un péché ! répartit l'autre avec un sourire sensuel. Puis, elle a l'air si gentille !

— Eh ! péché ! péché ! grommela Niflo qui avait encore sur le cœur la comédie de ce prêtre aux enterrements, péché ! Je comprends ! Vous n'êtes pas gourmands ! vous autres, les prêtres !... et fainéants ! ajouta-t-il à voix plus basse en jetant ses outils sur l'établi et en se levant, car il n'y voyait plus, la nuit venait.

Le prêtre était piqué au vif :

— Fainéants ! S'il vous fallait faire ce que nous faisons ! Comme vous l'enverriez au diable ! De jour, de nuit, courir après les malades, accompagner les morts, et prier sans cesse !

— Prier ! répéta Niflo en ricanant et se rappelant la figure enluminée de son interlocuteur.

— Oui ! prier, *macagon* (1) !... prier en crevant de faim ! dit le prêtre, hors de lui, en gesticulant.

— Si vous travailliez de vos mains, vous ne crèveriez pas de faim. Et que dit le proverbe? Travailler, c'est prier. Allez, je n'ai guère d'instruction mais je vois assez que les prêtres égarent la religion et que la religion nous abêtit.

— Comment ! Abêtir ! la religion ! Ce qui a sauvé le monde ! Voilà ! voilà où nous en sommes !...

Et il levait les bras au ciel et sa voix allait se haussant avec un accent de plus en plus catalan :

— La religion? Mais elle est naturelle à l'homme ! Si elle n'existait pas, il faudrait l'inventer ! Ah ! tous ces raisonneurs ! C'est à la mort que je vous attends ! Quand vous vous trouvez devant le mystère, vite, vite, vous faites appeler le prêtre ! Et les gens de mer, regardez comme ils sont dévots ! C'est que quand ils sont devant l'immensité, ils sentent bien quelqu'un au-dessus d'eux !

— Ta ! ta ! ta ! toujours la même chose ! Vous semblez des corbeaux qui guettent les morts ! Votre force est dans notre faiblesse. Vous êtes là au commencement, vous êtes là à la fin de la vie, comme des chasseurs à l'affût ! Les femmes, les enfants, vous les tenez sous votre serre en les farcissant de falibourdes.

Pendant que Niflo, d'un ton gouailleur, parlait

(1) V. index.

ainsi, le prêtre, embarrassé, comprenant que cela tournait mal pour lui et furieux de se sentir discuté, s'appuyait tantôt sur une jambe, tantôt sur une autre, les bras croisés sur la poitrine.

De temps en temps il se penchait vers la porte en marmonnant :

— Ce bougre de Bachi !... Comme il reste !... j'ai quelque chose à lui dire !.... Il se fait tard...

Et il ne savait plus comment se tenir.

La nuit venait de plus en plus. Dans le magasin, il faisait noir comme de la poix. A peine si, en causant, ils distinguaient leurs formes.

Fifi, accroupie dans un coin, écoutait sans rien comprendre.

Au milieu du débordement de paroles de Niflo, le prêtre lança :

— Vous ne croyez pas en Dieu, alors ?

— Eh ! Dieu ! qui vous en parle ? Il n'a rien à faire avec ce que nous disons ! Je crois en lui ou je n'y crois pas, c'est une affaire de cœur et de sentiment. Il n'y a pas de preuve pour ni contre et on ne doit l'imposer à personne ! En tous cas, vous vous servez assez de ce nom, qui, par respect, ne se devrait jamais prononcer, vous vous en servez assez pour couvrir toutes vos machinations ! Est-ce que, depuis que le monde est monde, nous ne voyons pas toutes les guerres avec leurs horreurs, toutes les haines se produire au nom de la Religion ?... Allez ! Il y aura toujours assez de mystères dans la science pour les rêveries de la Foi !

— Oui ! la Foi ! vous venez de le dire !

3.

Et le prêtre, saisissant l'occasion, se mit à gesti-
culer en crachant :

— La Foi ! Voilà ce qui ne pourra jamais s'arracher du cœur de l'homme ! Tant que l'homme aura
la Foi. il sera religieux...

— Oui, mais...

— Les guerres ! les guerres !...

— Et l'Inquisition...

Le prêtre emballé ne laissait pas parler Niflo et
continuait :

— Eh ! certainement qu'il y a eu des guerres de
religion ! Mais les historiens ont bien assez noirci
l'histoire ! Si nous cherchons bien, c'est toujours
les gouvernements qui ont fait tout le mal et puis
ont jeté la pierre !

— Oui ! je comprends ! Vous allez maintenant
entamer la vieille scie des persécutions. Toujours
persécutés ! pauvres prêtres ! Regardez-les comme
ils sont misérables, les persécutés ! Ils n'ont plus
que la peau et les os !

— Et vous ? *macagon*,...

Et le prêtre écumait en s'arrêtant au milieu de
son juron.

— Et vous alors ? Qu'êtes-vous alors ? N'êtes-vous
pas un de ces dévoyés qui n'ont ni religion, ni pa-
trie ? De ceux qui croient tout savoir et qui n'ont
jamais ouvert les évangiles...

— Ah ! l'Évangile ! le livre des livres !

Et devenu calme tout d'un coup à ces mots et se
se ressaisissant par une volonté intérieure, Niflo
continua :

— L'Évangile qui nous dit : aime ton prochain comme toi-même pour l'amour de Dieu. C'est bien vrai. Et tenez ! notre discussion est mal partie, j'aurais dû me souvenir que nous ne sommes pas meilleurs les uns que les autres, que nous vivons dans l'ignorance et le mystère de toutes choses et que nous ne sommes rien sur terre, rien qu'un fragment de ce grand corps qu'on appelle l'humanité et qui est en quête de sa conscience... Sa conscience ! Il la retrouvera dans l'Évangile, le livre des livres !

— *Té vé !* Niflo qui fait encore un sermon ! cria une voix avinée.

Ils se retournèrent.

Dans l'obscurité, Niflo crût reconnaître la silhouette de Marrid-Ferri qui, en guettant, rasait les murs.

Le prêtre, devant ce changement dans le ton et les paroles de Niflo, incapable, par étroitesse de vue, de le comprendre, demeurait ébahi avec les bras toujours croisés sur la poitrine.

Puis, revenant avec entêtement à son idée fixe, il dit, après une pause de silence pensif, avec une voix adoucie et en retrouvant mieux son parler marseillais :

— Avec tout ça, si vous parlez ainsi de l'Évangile, vous n'êtes pas un athée, vous croyez en Dieu?

— Que l'on croie ou que l'on ne croie pas, il faut reconnaître dans ce livre les fondements de la vie : aime ton frère, aimez-vous les uns les autres, aimez-vous comme je vous aime, tout est là. Regar-

dez les hommes à l'heure d'aujourd'hui : chacun
vole, chacun pille, chacun trompe son voisin, on
se déteste, on se veut du mal, et s'il n'y avait pas
l'autorité de la loi — quelle autorité ! et quelle loi
encore ! — la vie serait un massacre. Et dire qu'il
serait si facile d'être heureux si tous nous nous
aidions, si nous avions tous pitié les uns des autres, si nous ne formions tous qu'une grande famille, une grande fraternité libre, égale ! Aimez-
vous les uns les autres, il n'y a que çà, voilà tout !
tout !...

Dans l'ombre épaissie de la nuit, ces paroles
jaillies du cœur avaient pris un accent de suprême
douceur. Des effluves de bonté semblaient se dé-
gager de Niflo comme une caresse.

Maintenant ils ne se voyaient plus.

Le gaz allumé dans la rue venait mourir le long
du vitrage.

Le prêtre, remué jusqu'au fond de sa nature
aigrie, soupirait :

— Oui, c'est vrai ! c'est bien vrai !

Et Niflo enflammé continuait :

— Si nous nous aimions tous...

Mais, tournant la tête, il s'interrompit : une
ombre plantée contre le vitrage guettait en cherchant à voir dans l'intérieur.

Niflo s'avança sur la porte.

— Eh ! Niflo ! lui cria l'ombre, en passant j'ai
reconnu ta voix. Comment vas-tu ? Tu es ici maintenant ? On m'a dit que tu avais quitté le Radeau.

— *Té !* Jorgui ! Eh bien, oui, *vé !* Comme tu vois,

je garde le magasin de Bachi... Entre ! Tu vois, je travaille dans ce coin.

L'autre, qui avait une jambe boiteuse, se prit au montant de la porte pour gravir péniblement l'escalier.

Comme on n'y voyait pas, il vint se heurter au prêtre.

— Il y a quelqu'un, là ! Excusez !

— De rien, de rien...

Et le prêtre, en changeant de place, le frôla.

Le boiteux, alors, le fixant bien, distingua sa forme encadrée par la porte, et, encore plus étonné :

— Quoi ! excusez ! répéta-t-il, excusez !

Et il levait la main à son chapeau.

Au même moment, quatre hommes passaient en ayant l'air de chercher et ils s'arrêtèrent devant le magasin.

Le prêtre, le nez dans la rue, disait :

— Je m'en vais, Bachi reste trop, je lui ferai ma commission demain.

— Qu'est-ce ? demanda Niflo, en le suivant, et, en descendant sur le trottoir, est-ce que je puisse lui dire ?

Les quatre hommes arrêtés au milieu de la rue se retournèrent. Niflo les reconnut d'un signe de tête.

— Oh ! non, non, je le reverrai, c'est quelque chose de particulier, puis cela ne presse pas !

Et il partit.

— Tu fréquentes des *capelan! de diéu! coulégo!*

— Il me semble que tu es chic, mainténant !

Les quatre hommes sur la porte plaisantaient Niflo.

— *Té!* Jorgui ! Tu étais là-dedans et tu ne disais rien ! Comment vas-tu ?

Et, sans se gêner, ils entrèrent en tâtonnant dans le magasin.

Fifi était montée là-haut, chez une voisine, une vieille fille qui, pour quelques sous, faisait le ménage et la cuisine.

Accoudés dans les coins, accroupis sur des *camions* (1) ou contre les baquets, au risque de se remplir de couleur, les cinq amis de Niflo causaient.

— Voilà un brave homme, ce Bachichin ! disait Niflo. N'est-ce pas, Jacques, que s'il y avait beaucoup de gens comme lui, il ne t'arriverait pas si souvent de coucher sur les *chattes* (2) ou sur les bancs du Cours ?

— Dis, écoute !... fit l'un d'eux en tirant Niflo vers la porte.

Et il ajouta à voix basse :

— Je n'ai rien mangé d'aujourd'hui, si tu pouvais me donner quelque chose...

— Si c'était un samedi !... Mais, pour maintenant... Attends, quand le patron viendra... Nous verrons...

(1) V. index.
(2) *Id.*

Bachichin, en s'embrouillant et titubant un peu, le chapeau de côté, parut au même instant nez à nez contre Niflo et son ami.

— *Che cosa?* fit-il.

— Ce sont des amis qui sont venus me voir...

Et Niflo lui indiquait, d'un geste vague, le fond noir du magasin.

Un remuement, un frottement de gens lui répondit.

— *E viva !* s'exclama Bachi qui sentait l'absinthe à empester.

Il ne paraissait pas maître de ses gestes, plus vifs que d'habitude.

— *De coulègo ! e viva !* Mais si vous aviez allumé une bougie, je pourrais *li fare i salutazione ! la benvenguda !*

Puis, levant son chapeau et battant l'air comme pour attiser du feu :

— *Fora ! Fora ! sambucco !* C'est l'heure de fermer boutique !

En répétant ces mots ses mains tremblaient pour allumer des allumettes et pour prendre une clef cachée derrière un camion.

Un bruit se fit dans le fond comme une table qui roulerait.

— Ah ! doucement ! *piano ! pianissimo ! Cristo Dio !* cria Bachichin les mains comiquement sur la tête.

Les cinq amis, en pataugeant, sortirent à la queue les uns des autres.

Niflo raisonna avec le peintre. Il lui dit que le

prêtre n'avait pas pu l'attendre plus longtemps, et il chercha à excuser ses amis :

— De vieux camarades ! lui disait-il, il y a longtemps que je ne les avais vus ! De pauvres bougres comme nous !

Mais Bachi le laissait à peine parler, l'interrompant à chaque instant par ces mots :

— *Eh basta! brave! brava!* Mais une autre fois faites-moi lumière ! pourquoi rester dans l'obscurité? les bougies sont là !

Et il lui montrait un coin derrière le marbre.

La porte, mal assujettie sur ses gonds, cria sous la poussée de Bachi.

Les amis de Niflo, les mains dans les poches, regardaient.

Le marchand de vin d'en face avait allumé sa lampe à pétrole. Des gens à mauvaise mine entraient et sortaient, ou plutôt ils se glissaient à l'intérieur comme à la dérobée. Les gros rideaux épais empêchaient de voir.

De l'autre côté, près du magasin que Bachi était en train de fermer en sacrant contre la clef, la guinguette, faiblement éclairée par une grosse lampe à huile, répandait au travers de la rue une mince ligne de clarté tremblante.

Quelques Italiens allaient et venaient. Des matelots passaient en chantant. Des gamins barbotaient dans le ruisseau et se pourchassaient à coups d'écorce et de trognons de choux.

IV

LA GUINGUETTE DE PIPA

LA GUINGUETTE DE PIPA

Subitement des éclats de voix vinrent du haut de
la rue :

— *Tè vè !* Elle veut me donner du pain ! Avec çà
que je n'ai pas de pain ! j'en ai les poches pleines !...
Allez ! Allez !...

Et, criant ainsi, un gueux, couvert de haillons
et d'une redingote en lambeaux qui lui frottait les
mollets, descendait la rue en pétrissant avec ses
doigts un morceau de papier jaune huileux.

— Eh bien ! ma belle ! celle-là est forte ! Ayez
pitié des malheureux, puis ! criait une *partisane* (1)
qui rentrait, en s'adressant à des gens au seuil
d'un couloir.

— Oui ! allez ! je la connais, celle-là ! répliquait
le gueux en se retournant et en faisant bâiller une

(1) V. index

des poches de sa redingote comble de morceaux
de pain.

Tous s'exclamèrent :

— *Aquelo empego* (1) !

Comme il était devant le gueux, Bachi, qui avait
fermé, lui dit en se retournant :

— *Ecco !* Vous aussi vous avez soif ! Et il titu-
bait un petit peu. *Tè, cristo Dio !* je veux vous payer
un canon ! Ce soir je suis content et je régale les
amis... Que mangez-vous là ?

— Un restant de gras-double avec une pincée de
lard, lui répondit l'autre, ce n'est pas mauvais.

Et il prenait des chiques de pain dans sa poche.

— *Venite !* les amis ! criait Bachi sur le seuil de
la guinguette.

— Moi, je ne bois pas, vous savez, la moindre
des choses me détraque, et je ne veux pas boire,
dit Niflo en entrant.

Il reniflait plus que de coutume, car il était sorti
le crâne découvert.

Dès que les autres entrèrent, ce fut un brouhaha
de cris et de gestes. Ils connaissaient la bande des
joueurs, la même que le matin, qui se retrouvait
à la même place, attentive autour des cartes.

Marrid-Ferri gesticulait.

Niflo avait réussi à pincer Bachichin dans un
coin et il lui demandait quelques sous pour son
camarade.

— *Pecaïre !* faisait-il, il n'a rien mangé encore !

(1) V. index.

Il vaudrait mieux lui donner l'argent que vous allez boire, il serait mieux employé, ce me semble... Il est brave... je vous en réponds... Samedi prochain je vous le rendrai pour lui...

Bachichin, en riant, porta la main à son gousset et fit sonner de la monnaie.

— *E bravo il capitano, oggi!* marmonnait-il... *Tè! va! ecco de danàri!*

Et, sans compter, il emplit de sous la main de Niflo.

Les gueux qui le guettaient se regardèrent en clignant de l'œil.

Bachi, continuant à faire ses embarras, s'était retourné vers Pipa qui préparait le pernod pour toute la compagnie et, devant cette rangée de verres, il se gonflait.

Sa belle humeur d'ivrogne avait gagné les autres, tous causaient plus fort. Des gens s'arrêtaient devant la porte.

Pipa, derrière le comptoir, le cul contre un tonneau, les mains sur sa bedaine, souriait d'un air bonasse et ses petits yeux en amande allaient et venaient, ne perdant personne de vue.

Dans le recoin, les joueurs s'étaient serrés pour faire place aux nouveaux venus.

Niflo, pris à parti par Marrid-Ferri, lui répondait, bien à contre-cœur.

Assis sur un tabouret, ses genoux dans ses mains, il se balançait aux côtés de l'ami à qui il venait de prêter l'argent de Bachi.

Son ami, pour le flatter, essayait de faire venir la conversation vers ses idées préférées.

La grosse veilleuse à l'huile, pendue à une poutre au bout d'un fil d'airain, tremblait. Sa lueur falote grandissait les ombres le long des murs et rendait plus fantastiques les gestes désordonnés de cette assemblée.

A cette lumière les visages avaient l'air de grimacer, jaunâtres et maladifs. Les saillies des os, plus fortes, faisaient comme des trous dans les yeux et sous les pommettes. On aurait dit des têtes de mort ricanant.

La fumée de la veilleuse, la bouffée des pipes étendaient un nuage léger qui donnait à cette scène grossière quelque chose de vague et de trouble.

De temps en temps, un geste plus violent, un éclat de voix plus fort retentissaient, puis tout reprenait son bourdonnement formé de l'accent traînard du Génois, du sifflement du parler piémontais et de la brutalité de la langue marseillaise.

Droit, au milieu, Bachichin, les jambes écarquillées, embrouillant l'écheveau de ses raisonnements, tenait Pipa par le devant de la chemise et, dans son jargon, on distinguait les mots :

— *Italia ! Francia ! amici !... fratelli !*

Pipa, moitié souriant et à demi tourné vers les joueurs, écoutait les uns et les autres.

Physionomie étrange que ce gros Pipa!

Toujours placide, sa face ne laissait rien deviner de ses pensées. Le même sourire bonasse et rusé ne quittait pas ses lèvres. Il était gonflé, poilu, couvert de tatouages sur les bras, jusque sur la poitrine ; on aurait dit un ancien lutteur. Plein de fatuité pour sa personne, il fainéantait volontiers sur ses petites jambes, fier de ses espadrilles de velours, de sa *taillole* (1) catalane et des larges anneaux en étain brillant à ses gros doigts boudinés et tailladés de coupures.

Appuyé des hanches au comptoir, les mains dans les poches, il surveillait le jeu tout en lançant des regards au pauvre gueux à qui Bachi payait à boire.

Ce pauvre gueux, rencogné contre l'armoire, sous l'essuie-main huileux qui lui frotte les joues, a presque achevé goulûment son morceau de lard. Il lèche le papier en guignant son gobelet de gros vin.

Lui aussi renifle, mais ce n'est pas par tic, le pauvre ! la morve salit ses moustaches d'oursin et sa barbe embroussaillée qui ressemble à un balai graisseux.

Il est noir, il est coloré de soleil et de crasse. Il a posé sur la table son chapeau, un chapeau melon trop grand, défoncé par les chocs et luisant de crasse. Les os du coude, trouant la redingote effilochée, s'appuient sur le bois. Des deux mains il tient le gobelet et il boit lentement, en clignant des yeux, de petits yeux gris, sans expression, cachés sous des sourcils extraordinairement poilus. Dans ce mouvement, la redingote en bâillant laisse entrevoir la poitrine couverte avec des journaux en guise de chemise.

— Eh ! la famille ! la famille ! la morale ! Est-ce

(1) V. index.

qu'il y a des vices? Est-ce qu'il y a des vertus?
vociférait Marrid-Ferri avec son allure de nervi,
en répondant à Niflo. Nous ne sommes menés que
par nos besoins et pas plus ! C'est le hasard qui
fait tout !

Puis, à une remarque de celui qui venait d'em-
prunter les sous de Bachi et qui, par flatterie, soutenait Niflo, Marrid-Ferri, cria plus fort :

— Va, *Couioun !* mange bien ! bois bien !... et
le reste ! Puis fous-toi de tout !... Tiens, coupe...

Et, se retournant, il donna les cartes.

Ses amis riaient et disaient des cochonneries.

— *Ma ! Non è vero ! non è ero ! Quando Gari-
baldi è passato à Dijoune, la popolatzioune... e la
natzioune...*

— *Oune ! oune !* que *Bachichoune ! coioune !*
C'était un beau rigolo, ton *Galibardi !*

Ainsi, en se moquant de lui, un grand bougre,
long comme Pilate, répondait à Bachi et cherchait
à le faire monter à l'échelle.

Bachi, têtu, tenait celui-ci par un bouton de sa
vareuse.

Il suait ! Il criait ! Les veines de son cou et de
son front se gonflaient et, comiquement, il accompagnait ses paroles d'affaissements de tout son
corps et de coups de pied au sol.

— Regarde Bachi ! faisaient les joueurs. Tout à
l'heure il va être rigolo ! Allons, Giovani, pique-le !

Et le grand bougre, avec les poings sur les hanches, se renversait légèrement pour ne pas se laisser aller aux tiraillements de Bachi sur sa vareuse.

— Ah! sûr, allez! qu'on regarde comme un galeux celui qui n'a pas le sou!... soupirait le pauvre gueux en faisant la digestion de son lard rance.

Et il se passait les mains sur le ventre en soufflant et en rotant avec un sourire de gourmande satisfaction.

Puis, ayant achevé d'une lampée le cul de son gobelet de gros vin, il ajouta d'une voix plus claire, en coupant la parole à Niflo :

— C'est comme moi, maintenant, c'en est fini de mon métier ! Les machines m'ont jeté sur le pavé !

— Les machines... soupira Niflo, les machines... et il reniflait de plus en plus.

Il avait passé ses jambes l'une sur l'autre, les pieds se crochetant. Sa maigreur transparaissait. On eût dit un squelette, avec des os en forme de tire-bouchon, revêtus de pantalons rapiécés.

— Les machines, pour sûr, dit-il, en toussant et crachant, c'est le bien et le mal de la société. Avec des machines il y a beaucoup moins de peine, il y a surproduction, baisse de prix. Il semble, n'est-ce pas, que le bien général doit croître. Et ce n'est pas ! la misère augmente. Le travailleur, auparavant intelligent, ne devient plus qu'un rouage, il est le valet, le lèche-cul de la machine, il la nettoie, la balaie, la graisse, la polit, il est chargeur, camionneur, gardien, peseur, chauffeur et que sais-je encore !

— Que faire alors ? cria quelqu'un en l'interrompant, comment vivre ?

4

Celui qui criait cela avait l'air d'un grand enfant, un peu simple, avec des yeux émerveillés dans une face ronde au nez relevé.

— Qu'il est *jobi* (1)! s'écria un autre en ramassant les cartes, nous prendrons les machines, les outils, la terre ; plus de patron ! *Capoun de disqui!*

— Et alors? répliqua Niflo, et alors? Renonceriez-vous à jouer aux cartes toute la sainte journée pour travailler aux machines, ou, comme des patrons, y feriez-vous travailler les autres? Puis, voyez-vous, que les travailleurs s'emparent du capital ou qu'ils s'associent pour l'obtenir, que l'or se supprime par la création d'une banque d'échange, ou que la société garantisse le travail à tout le monde, il y aura toujours des laborieux et des fainéants, des intelligents et des imbéciles, sans parler des meneurs et des ambitieux. Il faut avant tout que l'homme devienne meilleur, qu'il se fasse à l'idée que l'intérêt particulier est l'intérêt de tous. Est-ce que nous ne sommes pas liés les uns aux autres comme les jambes, les bras, la tête sont liés au corps? Est-ce que...

> — *O Marinar de la marina,*
> *Oh! cante-me d'una canson*
> *(Sü la fior de l'aqua,*
> *Sü la fior del mar)* (2)

chantent des Piémontais qui passent.

(1) V. index.
(2) *Id.*

Bachi, en sursautant, se retourne brusquement et attaque le couplet suivant :

> — *Monté, bela, su la mia barca*
> *La canson mi la cantero* (1).

Étonnés, les Piémontais s'arrêtent, regardent à l'intérieur et entrent en continuant de chanter.

Ils emplissent la guinguette. Droits au milieu, ils se tassent en rond. Les uns font la basse, les autres la tierce. Ils tiennent les notes longuement en plein accord, avec un air de jouir.

— Que le tonnerre emporte les *babi !* On ne peut plus s'entendre ! cria Marrid-Ferri.

Le jeu chauffait. L'un des joueurs pâlissait en tenant les cartes avec un tremblement alors qu'un sourire méchant s'épanouissait sur les autres visages.

Les Piémontais et Bachi qui accompagnait la chanson, la tête renversée, d'un balancement de tout son corps, chantent à tue-tête et la guinguette en tremble.

L'un d'eux, la basse de la bande, tient un accordéon sous le bras. Il touche Niflo avec son cul. La grosse veste de velours lui frottant les oreilles, Niflo s'écarte. Mais son voisin, en donnant les cartes, envoie au Piémontais un coup de coude dans les jambes. Le Piémontais, sans se retourner, continue à tenir la note basse.

Les uns ont de larges pantalons de velours

(1) V. index.

comme les charpentiers, la veste flottant sur l'épaule et le chapeau mou aplati contre l'oreille.

D'autres, plus débraillés, avec des pantalons de cadis rapiécés de bleu et ornés au bas d'une large bande dentelée de velours marron, portent aussi la veste sur l'épaule, mais tombant par devant et leur cachant les bras qui sont croisés sur la poitrine.

Ils ont tous de grosses chevelures, des têtes énergiques et une carrure de terrassiers.

Le gueux, dans son coin, buvant les paroles de Niflo, tire sa chaise à petits coups, s'avance vers lui à le toucher et lui parle à voix basse.

La chanson continue. Ils savent à merveille hausser ou baisser la voix selon l'expression de la romance. Ils sont touchés parce qu'ils chantent. Cela se voit à leurs yeux de grands enfants attendris.

Le voisin de Niflo, gêné, donne encore un coup de poing aux jambes de la basse, en bramant :

— *Cristou ! Countach !* pousse-toi !

L'autre se retourne, coupant sa chanson d'un :

— *Ohimi ! Cristou !*

Et il fait le geste de frapper avec son accordéon.

Tout à coup les cartes volent, la table est renversée :

— Voleurs ! voleurs ! crie le perdant, pâle comme un mort, la mâchoire crispée.

Saisissant une bouteille, il l'envoie au hasard, l'œil fou. Puis, allez, sur le plus proche, à coups de pieds dans les parties !

Celui-ci, plus vif qu'un éclair, lève le bras avec un couteau catalan ouvert.

Pipa, l'œil étincelant, saute au milieu d'eux comme un gros dogue, les prend et les secoue à la nuque :

— Dehors ! dehors les chiens ! dit-il simplement avec un accent brutal et, sans avoir l'air de faire effort, il les jette au milieu de la rue.

Dans la bagarre, Niflo, plus rapproché que Pipa, s'était élancé pour retenir le bras qui tenait le couteau et il en avait eu une entaille à la paume de la main.

Le pauvre gueux avait entendu siffler la bouteille à ses oreilles. Elle était allée s'écraser derrière lui contre un tonneau et il était couvert d'éclaboussures.

Les autres, les joueurs, redressaient la table en ricanant. Dans l'échauffourée ils n'avaient vu que l'argent roulant par terre, ils n'avaient pensé qu'à une chose : ramasser les sous éparpillés un peu partout.

Tout cela l'espace d'une seconde, si bien que les *babi*, à ce moment-là, criant et gesticulant le refrain, pressés, poussés, secoués, s'étaient un peu plus serrés, mais n'avaient pas quitté la note. Leurs accords dominaient le tumulte des voix.

Dehors, c'était un attroupement et des huées. Des groupes pataugeaient et se sauvaient. Des agents de police venaient de passer en courant. Le bouillonnement des gens s'écoulait vers la place.

— Ils se sont battus à coups de couteau ! di-

4.

sait la marmaille barbotant devant la boutique.

De petits groupes, un peu partout, bourdonnaient.

Dans la guinguette, n'eût été Niflo qui à grand'peine se bandait la main avec un vieux mouchoir, on aurait dit que rien ne s'était passé.

En un clin d'œil Pipa avait tout balayé. D'une voix bonasse, il conseillait aux joueurs, tout en prenant la monnaie, de filer, car la police ne manquerait pas de venir.

Joueurs et amis de Niflo s'esquivèrent ensemble. Mais, pour s'amuser, rompant le cercle des chanteurs, ils bousculèrent Bachi, le poussant par l'épaule, lui frappant dans le dos :

— Brave, brave Bachi !

Ils avaient l'air de le chatouiller.

Bachi, achevant de se griser en chantant, n'avait rien vu, rien entendu.

Emballé par la chanson, il la mimait :

> Cuand la bela l'ha'vü la speja
> An mes al cor a s'le pianta (1)!

Il se frappait sur le cœur avec le poing comme s'il eût tenu une épée.

Puis, après le refrain, il se mettait les mains sur la tête :

> Oh! maledeta sia la spejà
> E cula man ch' a i l'ha presta (2)!

(1) V. index.
(2) Id.

— Vous feriez bien de vous en aller, dit pater-
nellement Pipa s'adressant à Niflo ; si la police vous
voit avec votre main blessée... Car, assurément,
elle ne tardera pas à venir.

A ce moment, Fifi, regardant au travers des vitres, chante :

Lei castagno soun cuecho, venès lei tasta (1)!

— Pa! le souper est prêt. Qu'arrive-t-il qu'il y a
tant de monde dans la rue ?

— Alors, Bachichin, on ne soupe pas ce soir ?
dit Niflo en se levant et en cherchant à lui prendre
le bras.

Bachi, sans répondre, les poings fermés, continue avec la bande :

Ma si l'hai nen basà la viva
A l'è morta la vaj basè (2)!

— Viens, pa! Je vais chercher du vin.

Et Fifi se sauve.

Niflo, la mort dans l'âme, laisse là Bachi et monte
tristement l'escalier de la mansarde, accompagné
par la longue résonnance de la chanson qui s'en va
mourant :

Sü la fior de l'aqua
Sü la fior del mar!

(1) V. index.
(2) *Id.*

V

SUR LA TERRASSE

SUR LA TERRASSE

Le soleil du matin dore les toits. L'air est candide et les cloches carillonnent.

Niflo, assis sur une caisse avec un livre sur les genoux, contemple à travers la brume argentée les lointains étincelants du port.

La petite terrasse où il se tient, plus haute que la mansarde de quelques marches, toute de guingois, va en pente comme la toiture et cette pente est si raide qu'on ne peut presque pas s'y tenir droit. Une vieille barrière en bois desséché se dresse sur le devant, au bord même de la gouttière. Les cheminées, de chaque côté, forment muraille.

Cela rend joyeux de voir de cette hauteur à travers l'enchevêtrement des parapets, des mansardes, des petites cabanes, des cheminées, des ciels ouverts, à travers cette marqueterie de vieilleries,

dans une enfilade de toitures, cela rend joyeux de
voir là-bas les navires alignés, la mer luisante
comme un miroir, et le ciel clair du matin
troué par les mâts effilés couleur de feu, par
les antennes étendues comme des ailes, dans
la plainte de la ville s'éveillant au carillon des
cloches.

C'est dimanche. Niflo s'est un peu changé, il a
peigné sa barbe sale et passé une chemise propre.
Puis, Fifi étant à la messe avec les sœurs, Bachi
parti pour aller voir des connaissances, il prend
plaisir à lire sur la terrasse pendant que la voisine — vieille fille à moitié sourde, si bonne
qu'on l'appelle *tata Pécaïré* (1) — balaie et fait les
lits.

Ainsi, de son recoin, près de la fenêtre de la
mansarde encadrée de liserons, il contemple *la
Garde* (2) se dressant comme des mains jointes
vers le ciel. De ses flancs descend un troupeau de
maisons en ligne serpentante jusqu'à la carrure
sombre et crénelée de Saint-Victor qui rejoint le
grand entassement du *Fort* (3).

Là-bas derrière, loin, plus loin, mourant dans
les nuages violacés et dorés, se devine la grosse
échine des collines de Mont-Redon.

S'il tourne la tête de l'autre côté, son œil plonge
à travers la fenêtre dans la mansarde aux parois
tachées de punaises, aux briques déchaussées,

(1) V. index.
(2) *Id.*
(3) *Id.*

aux deux lits défaits dont les couvertures sont déchirées.

Tata Pécaïré va et vient sans se presser.

Elle a la manie de parler seule, comme si elle avait de l'argent caché.

Le balai à la main, elle enlève soigneusement la poussière d'une image peinte de la Vierge placée à la tête du lit de Bachi. Sous cette image, sur une petite étagère faite avec un couvercle de boîte, une veilleuse est toujours allumée. A son côté, cloué contre le mur, un chapelet de pénitent, énorme, aux grains comme des noix, s'arrondit en guirlande et enchapelle un bénitier de verre en forme de croix.

Tata Pécaïré passe un gros moment à remettre de l'huile dans la veilleuse.

Niflo, pensif, la regarde et branle la tête, car le sol près du lit est encore mouillé des vomissements de Bachi.

— Ce brave Bachi ! Est-il possible de se laisser aller ainsi à l'ivrognerie ! Tous les soirs, c'est réglé, il faut qu'il boive, mais surtout le samedi ; alors c'est la saoulerie complète ! Et tant qu'il a des sous dans la poche, il boit, ou il les donne, ou il se laisse voler comme le soir de la rixe des joueurs...

Obstiné à chanter avec les Piémontais, Bachi n'avait pas pris garde qu'au moment où les autres s'en allaient en le chatouillant, ils l'avaient dépouillé.

Depuis, Niflo, devenu sauvage, ne voulait plus entrer dans la guinguette.

5

C'était lui qui fermait le magasin et, allumant la bougie, il se trouvait heureux de causer autour de son établi avec les gueux qui venaient le voir.

Le matin il avait eu un assaut avec Bachi à propos de boisson.

Le peintre, de mauvaise humeur, avec la gueule de bois et mal aux cheveux, avait grogné en se frottant les yeux.

Niflo lui avait parlé bien doucement, lui montrant d'abord combien était dégoûtant et laid le résultat de cette excitation nerveuse, trompeuse, poignante d'illusion que donne la boisson, puis, lui faisant voir la passion devenir habitude, l'habitude un besoin attirant qui finit par ronger le corps peu à peu. Ainsi de tout, quand la volonté n'y est pas, la volonté, c'est-à-dire la lutte continuelle de la raison contre les passions du corps, de l'âme contre la matière.

Il lui avait parlé amicalement, avec un accent pénétrant.

Ils s'étaient attachés l'un à l'autre comme des frères. Ces deux cœurs simples et bons avaient le même fond.

Mais Bachi, de mauvaise humeur, sans trop savoir ce qu'il disait, avait traité Niflo de bedeau et d'imbécile.

Tout en se débarbouillant il l'avait même en son jargon tellement piqué que Niflo avait senti lui monter des larmes.

Bachi, revenu à lui grâce à la fraîcheur de l'eau,

avait surpris Niflo se séchant les yeux et il en avait
été remué.

La main levée tout à coup vers l'image de la
Vierge, il avait juré que cela ne lui arriverait plus,
qu'il ne le voulait plus.

Niflo, les paupières humides, avait rapidement
gagné la terrasse pour ne rien laisser voir de son
émotion.

Bachi l'avait suivi. En un flux de paroles, il lui
avait dit qu'il avait raison, qu'il regrettait sa conduite et pour que cela n'arrivât plus, comme il se
méfiait de lui-même, il lui donnerait sa bourse :

— A partir d'aujourd'hui, répétait-il, *sarate il
mio secretario.*

— Paroles d'ivrogne ne durent guère ! soupirait
Niflo, les yeux perdus dans le ciel.

Il se demandait comment cela pouvait venir,
cette passion de boire. C'était une chose qui le dé-
passait. Il ne pouvait s'imaginer les pensées, la
façon de raisonner de ces gens-là :

— Ce doit être une folie ! A ces moments-là
l'homme n'est pas maître de lui, son raisonnement
est mort ! Mais alors, nous ne sommes pas libres ?

Et une tristesse poignante le prenait aux moelles.

Ainsi, depuis qu'il vivait avec les pauvres, il
n'avait vu que des vices autour de lui : la fainéantise, l'ivrognerie, la débauche, sans une révolte et
s'étalant bestialement.

On sentait un ressort rompu, un dégoût dans
eux tous, non pas le dégoût de vivre mais le dégoût
d'agir. Voilà ce qu'il avait trouvé au fond de cette

gueuserie. C'était quelque chose de mou, de flasque,
sans même l'envie qui est encore un stimulant.
Rien! jouir! le saint sommeil de la bête, mais sans
sa fauve ardeur, sans même sa sensibilité! Mesqui-
nement, dans un coin, leur ladrerie s'épaissit et
on dirait des êtres gelés que le froid fait mourir, et
qui s'endorment dans tous les vices.

— Pourquoi? se disait-il, pourquoi? Il y a là un
coupable. Est-ce la société, le milieu malheureux,
le manque de foi?

Et la ville, à main gauche, étalée sous ses yeux,
semblait lui répondre avec le murmure de son co-
lossal grondement :

— Tant pis pour qui est de trop dans un monde
trop plein! Tant pis pour le faible qui naît sans
moyens d'existence! Si la société n'a pas besoin de
lui, pourquoi demanderait-il même du pain? Il est
de trop sur la terre! Qu'il s'en aille!

Et l'égoïsme, comme une araignée venimeuse,
étend sa toile sur la société. L'âpre besoin de jouir
gagne tout le monde, du plus haut au plus bas de
l'échelle humaine. Les pauvres, trompés par les mi-
rages matériels, se laissent aller, s'embourbent,
s'embourbent...

— Pourquoi travailler? se disent-ils, pauvres
nous sommes, pauvres nous resterons! Pourquoi
nous révolter! Tout est contre nous, même la justice! jouissons! alors, jouissons comme nous pou-
vons!

Pauvre gueux! Tu as trimé toute la journée
comme un mulet, la tête et le cœur vides. Le soir,

enfin devant un verre, avec tes compagnons, tu
trouveras l'oubli, tu auras un semblant d'énergie
dans les fumées de l'alcool, et l'habitude devient
un vice, une passion qui t'abêtit !

Pendant ce temps, la femelle, sans rien dans
l'estomac, poursuivie par les envies affreuses du
mâle, se laisse prendre à l'engrenage du vice dont
elle ne sortira que charogne et pourrie ! Tout cela
pour un morceau de pain !

Voilà ce que Niflo voyait passer devant lui dans
une vision rapide comme un éclair.

Sa nature mystique en était bouleversée, moins
sensible au défaut d'équilibre des intérêts qu'au
défaut de foi, fondement selon lui de toute volonté.

Le soleil, qui commençait à chauffer, tournait.

Niflo, sans changer de place, appuya l'échine au
coin de la fenêtre. Les liserons, au-dessus de lui,
répandaient une ombre fraîche sur sa tête.

Il s'essuya les yeux et reprit sa lecture.

Tata Pécaïré va et vient, sans se hâter. Maintenant qu'elle a achevé de balayer, elle monte sur la
terrasse, elle étend son linge qu'un petit vent de
mer agite dans un froufrou de chose mouillée. Ce
linge fait sur le ciel qui bleuit des taches blanches
qui se balancent joyeusement.

Tata Pécaïré va et vient ; elle frôle Niflo redevenu
pensif et rêveur ;

— Monsieur Niflo ! lui dit-elle d'une voix tout
à la fois tremblante de vieillesse et fraîche comme
celle d'un enfant, monsieur Niflo ! gare aux éclaboussures ! Si vous changiez de place?

— Brave Tata Pécaïré! vous ne faites pas attention que je me rôtirais au soleil!

— Plaît-il?

Niflo haussa la voix, il avait oublié que Tata
Pécaïré était un peu sourde :

— Je dis que le soleil est chaud... Mais Fifi ne
va pas tarder de venir, je l'attends pour sortir.

Disant cela il s'éloigna du linge.

— Vous avez là une brave fillette! c'est si rare, à
l'heure d'aujourd'hui, d'en voir, de braves enfants!

— Elle est brave, mais, allez, elle me donne
assez de souci... Que voulez-vous ! une fillette sans
mère auprès d'elle !

Et il se souvenait de choses insignifiantes qui
l'avaient effrayé pour l'avenir dans son amour
jaloux de père.

— Quel souci avez-vous avec elle? Tout le
monde la voudrait, tant elle est travailleuse et
obéissante !

— A propos! Tata Pécaïré, je voulais vous
demander quelque chose.

Il s'approcha de la vieille avec un air soucieux :

— Quel est ce marchand de vin d'en face qui
tient des chambres meublées ?

— Ah ! je comprends ce que vous voulez me
dire?... les maisons meublées... il y a toute sorte
de gens.

— Mais, encore! est-ce un marchand de vin,
une guinguette, un café de femmes? Quelles sont
ces deux qu'on voit continuellement sur la porte ?

— Que voulez-vous que je vous dise, monsieur

Niflo? Moi, je ne fréquente personne dans le quartier... Si j'écoutais tout ce qu'on dit !...

Et la vieille fille rougissait.

— Il y a tant de mauvaises langues par ici. Tout cela c'est *Bagatouni*. Moi, je vais mon petit train...

— Je vous demande çà, interrompit Niflo, parce que Bachi, quand je lui en ai parlé, s'est mis à rire et s'est écrié : *Bagascha !* sans vouloir donner plus d'explications.

— On y donne à manger. Bachi, autrefois, y prenait ses repas. Mais je ne sais pas ce qu'il y a eu. Un beau jour il est venu me trouver pour que je lui fasse sa cuisine, et depuis il n'y est plus retourné... Que vous font ces gens-là ? Pourquoi tant s'en occuper ?

— C'est que vous envoyez Fifi y chercher du vin... Cela m'a l'air d'un commerce borgne... Ainsi, l'autre jour, ces deux... femmes la caressaient et sans que je le visse, elles la firent entrer pour lui donner des bonbons... Et comme je ne veux pas que Fifi s'acoquine avec tous les voisins...

— Eh ! beau bon Dieu !... et la vieille fille riait d'un petit rire sonnant qui s'acheva dans une légère toux, qui ne caresse pas les enfants ? Vous êtes plus jaloux qu'un père ! Quand elle n'est pas à la Petite Œuvre, vous l'avez toujours autour de vous... je l'envoie souvent chercher du vin à cet endroit parce que Bachi le trouve meilleur qu'aux autres endroits... et je ne me suis encore aperçue de rien. Soyez tranquille, allez, j'ai l'œil dessus.

— Surveillez la bien, *vé*, Tata Pécaïré... je ne

sais pas, mais j'ai un mauvais pressentiment.

En disant cela et, malgré tout, un peu tranquillisé, il avait quitté son livre et il prenait du linge dans la corbeille pour le lui passer.

La bonne figure naïve de cette vieille fille, avec ses yeux clairs, lui mettait un baume dans le cœur.

Il voyait tant de visages sombres et d'expressions abêties autour de lui que cette Tata Pécaïré, bonasse et les traits encore bien conservés et agréables, lui causait une impression reposante.

La bouche était fine et riait volontiers. A peine si quelques rides sillonnaient les joues au coin des yeux. Ses bandeaux bien lissés, poivre et sel, avaient dû, dans sa jeunesse, être noirs comme du jais.

Elle aussi semblait prendre plaisir à se trouver avec lui et elle allait encore plus lentement en étendant son linge.

Dès le premier jour qu'il avait couché là, Tata Pécaïré, pleine de prévenances et soignant mieux le ménage, lui avait parlé avec une sorte de familiarité respectueuse.

Et elle ne manquait pas, chaque jour, d'enlever la poussière des quelques livres que Niflo tenait près de son lit sur une caisse.

Maladroit, les doigts mouillés, Niflo prenait gauchement le linge. Un drap lui échappa des mains et vint se salir sur les briques.

— Ah! je ne vous paierai pas votre journée, monsieur Niflo! et Tata Pécaïré riait avec sa petite toux en ramassant le drap. Retournez à votre livre. Le travail des femmes n'est pas pour les hommes !

Au même instant, comme un coup de vent, Fifi entrait, criait et dansait en faisant voir une image qu'on venait de lui donner.

Niflo se retourna et la prit dans ses bras :

— Qui t'a donné cette image ?

C'était la couverture d'une chanson de café-concert. Une femme, presque nue, y dressait la jambe en montrant ses jarretières.

— C'est le petit Toni, ce n'est pas joli, pa ?

— Qui est-ce, Toni ?

— L'enfant du marchand de vin dont nous parlions, dit Tata Pécaïré en s'avançant pour regarder.

Niflo avait déchiré l'image. Il s'apprêtait à gronder Fifi, mais celle-ci le regardait tout étonnée avec des yeux si bons et si enfantins, qu'il pensa :

— Peut-être, en la grondant, lui ouvrirai-je les yeux sur le sens de cette ordure.

Il lui dit :

— Va ! je t'en donnerai de plus belles ! Mais, dis-moi, tu l'aimes bien ton papa ?

— Oh ! sûr ! et elle le caressait.

— Alors, quand le petit Toni te donnera encore des images, il ne faudra pas les prendre... et je ne veux plus que tu lui parles, m'entends-tu ?

Fifi faisait la moue sans répondre.

Et Tata Pécaïré :

— Vous êtes bien mauvais pour cette petite ! le petit Toni, qui est à peu près de son âge, n'a pas de malice non plus. C'est de l'enfantillage, tout ça !

5.

— C'est égal, croyez-moi, Tata Pécaïré, surveillez-les, ces enfants!

Puis, à Fifi qui était allée feuilleter le livre qu'il lisait:

— Veux-tu venir, Fifi? Nous allons nous promener. Nous verrons la Jacoumino, la pauvre!

Sur ces mots il la prit par la main et lui fit descendre les deux marches de la mansarde. Il resta en arrière, suivi de Tata Pécaïré, à qui il parla à voix basse, soucieux:

— Croyez-moi, brave Tata, si une fois vous faites le magasin, furetez un peu à la soupente pour voir si elle ne tiendrait pas cachés des livres ou des images obscènes qu'on lui aurait prêtés. Croyez-moi, il faut se méfier!

Du haut de l'escalier, Tata Pécaïré secouait la tête en les suivant des yeux et marmottait avec sa petite toux:

— Que de choses vous vous mettez en tête! Une enfant aussi brave que ça!

VI

LA JACOUMINO

LA JACOUNINO

Dans la rue, Fifi courait presque pour se tenir au pas de Niflo qui allait vite et l'air absorbé.

— Quelle chose ! se disait-il, la bestialité du mâle s'excitant et excitant continuellement, sans esprit et sans idée ! Un morceau de nudité, l'intention salope d'un regard, d'une bouche lubrique le mettent hors de lui. Et les enfants naissent viciés déjà dans cet air enflammé de cantharide !... Pourtant ! je ne peux pas l'enfermer dans un couvent, ce serait peut-être pire !... Que faire ?...

Il se rappelait combien de fois il avait surpris chez ses amis des regards allumés qui déshabillaient la petite.

Il se souvenait d'une scène qu'il avait vue entre enfants et à faire venir mal au cœur.

Il serrait la main de Fifi, il la regardait avec des

yeux tristes, soupçonneux, inquisiteurs, tout à ses
pensées et ne voyant rien autour de lui.

Fifi, distraite, se faisait trainer et bâillait à
tout, riant à des gamins qui jouaient *aux grimaces* (1) sous le pont de la mairie.

Au coin de la place Vivau, Bedoulo, Panisso,
Tirasso, tout débraillés, vinrent à leur rencontre.

Ils s'étaient endimanchés, les yeux nettoyés de
leur chassie et couverts de superbes chapeaux
qu'ils avaient chipés aux *Frégi*.

Ils étaient avec cinq ou six nervi proprets, en manches de flanelle et pantoufles de velours. Ils avaient
des têtes de souteneurs avec des accroche-cœurs
et regardaient vers le haut des rues où les bonnes
des maisons à gros numéros jetaient les ordures.

Les amis de Niflo parlaient bruyamment, avec
des exclamations. Ils lui disaient qu'il avaient pro-
jeté quelque chose dont assurément il devait être.

Ils voulaient en effet lui payer à dîner, car, grâce
à lui, Tirasso avait pu s'installer décrotteur-com-
missionnaire au coin de la place Gelu. Maintenant,
il gagnait des sous ! et il commandait à Niflo une
paire d'escarpins. Panisso avait repris son commerce aux *Frégi* et Bedoulo, aidé par Niflo, avait
fait une bonne affaire avec le chiffonnier des
Grands-Carmes.

Aussi tous bavardaient et lui tapaient sur l'é-
chine. De temps à autre ils passaient leurs grosses
mains plus rudes que des écorces sur les joues

(1) V. index.

rouges et fraîches de Fifi et lui faisaient risette avec
des grimaces de singes endiablés.

Les nervi, un peu en arrière, ne les perdaient
pas de vue, et sans rien dire, ils fixaient la petite
serrée contre Niflo.

Elle était, au milieu de cette racaille, comme
une belle cerise sur un tas de fumier. Elle n'en
paraissait que plus gracieuse avec sa fine taille
élancée et sa poitrine légèrement gonflée.

Avec son vêtement gris et sa jolie tête blonde
aux grands yeux cernés, on eût dit un rayon de
lune jaillissant dans l'ombre misérable des autres.

Aussi les nervi ne se lassaient pas de la relu-
quer avec des clignements d'yeux qu'on devinait
orduriers et qui s'attachaient à ses petits mollets
dépassant les robes courtes. Cela devait leur paraître étrange une fillette aussi innocente au milieu
d'eux, et ils s'avançaient vers elle en se dandinant
sur leurs jambes, sans avoir l'air de rien et au point
de la frôler.

— Alors, c'est entendu, Niflo ? *Vé !* nous t'atten-
dons sur la place. Tu viendras ? lui disaient les
autres, ne fais pas l'imbécile !

Niflo, embarrassé, avait bien essayé de refuser
en disant que cela ne lui était pas possible. Mais
tous s'étaient récriés, le menaçant de le suivre
partout, de lui faire même le charivari s'il ne venait pas avec eux.

Puis, le prenant par les sentiments, ils lui
avaient si bien roucoulé sa fraternité, l'amour les
uns des autres, que Niflo avait fini par dire oui,

pressé de s'en débarrasser, heureux de se laisser prendre à leurs singeries apitoyées et ennuyé de voir sa journée ainsi perdue, lui qui se proposait de lire tout l'après-midi.

A peine entré dans la rue du Radeau, les gens l'arrêtèrent à chaque pas, étonnés de le revoir.

On avait déjà oublié la mort du pauvre Jacoumin et, tout en riant, on lui demandait des nouvelles de ses malheureux.

Les boutiquiers sur leurs portes l'appelaient.

D'un côté à l'autre on criait :

— *Vé* Niflo ! le voilà revenu ! Voici encore la *pauriho !*

Les uns disaient :

— C'est égal, Niflo ! quand tu étais au quartier, quelles processions de mendiants !

D'autres :

— Eh bien, Niflo ! la vermine de tes camarades ne t'a pas encore rongé ?

Et de pauvres Italiennes s'approchaient de lui et disaient à voix basse :

— *Boun giorno, Mounssu Niflo !*

Des malheureux à qui il avait fait du bien cheminaient avec lui, ils caressaient Fifi et le suppliaient de venir les voir.

A mesure qu'ils montaient le Radeau, c'était un attroupement autour de lui, les uns plaisantant, les autres remerciant.

Fifi, au milieu, étonnée, se retournait vers tous, souriant à ses pauvres petites amies qui venaient envieusement passer les mains sur sa robe propre.

— *Vé !* Pa ! Le petit Jacoumin ! Pépino !

Niflo tourna la tête et vit courir une nichée de cire-bottes, débraillés, laissant voir le *chichi-belli* (1) et tout salis de morve, qui descendaient vers le port.

Il s'arrêta devant la gargotte Catanzano.

Le patron l'avait pris par le bras et voulait de force le faire entrer.

— Jacoumino est toujours ici ? Elle n'a pas quitté ? lui demanda Niflo qui le savait pays avec le pauvre mort.

— Ah ! Niflo ! disait le chiffonnier d'en face. Ce Jacoumin ! quel brave homme ! Quel malheur qu'il soit mort du choléra !

— Sans vous, ils seraient morts de faim, les pauvres ! ajoutaient des voisins. La veuve maintenant fait des commissions, des ménages, elle vend des poires cuites au four... que voulez-vous !

— C'est bien Pépino que j'ai vu passer avec une boîte de cire-bottes ? demanda Niflo.

— Oui ! Cela fera encore de petites gouapes ! disaient des femmes qui s'étaient avancées. Ce sont des démons que ces petits !

— *Ben ! vai !* vous perdez bien votre temps avec des gens de cette espèce !... Des *babi !... Buaï !*

— Tout à l'heure, ma belle, notre Radeau, il n'y aura plus que des Napolitains ! *Buaï ! Té !* pour eux tous, disaient des commères sur leurs portes.

Niflo, sans plus rien demander, impatienté de

(1) V. index.

tout ce bavardage et s'arrachant d'entre les gens
de la gargotte, monta l'escalier en faisant passer
Fifi devant lui.

La Jacoumino, dès qu'elle les vit, se prit à
pleurer comme une Madeleine et tomba sur une
chaise en s'essuyant les yeux avec son tablier.

Niflo lui mit les mains sur l'épaule :

— Il faut pourtant se faire une résolution, dit-
il... Pauvre homme ! de pleurer cela ne le fera pas
revenir... C'est ce qui nous attend tous !... Brave
Jacoumino, il faut se surmonter... la vie n'est
qu'une longue épreuve...

Et, tout en lui parlant, la voix entrecoupée, il
sentait lui-même des larmes chaudes rouler le
long de ses joues.

Le dernier-né (1), accroché à ses pantalons, lui
criait :

— *Nifo! Nifo!*

Fifi, en le saisissant sous les bras, cherchait
vainement à le détacher, le petit gueux se débattait comme un farfadet et n'en criait que de plus
belle :

— *Nifo! Nifo!*

Niflo le prit et l'embrassa passionnément.

La Jacoumino, les yeux rouges, la face gonflée
d'avoir pleuré, lui dit :

— Allons ! allons ! il va tout vous salir.

Mais le petit gigottait et de sa petite main frappait sur la tête de Niflo.

_____

(1) V. index.

Ils se mirent alors à parler des enfants.

La veuve avait offert à Niflo sa chaise, mais lui, faisant toujours sauter le petit, s'était appuyé contre la table.

Fifi, devant la vitre, regardait des chats sur le toit d'en face.

— Eh bien, écoutez, dit Niflo après que la veuve, en se séchant tout le temps les yeux, lui eût dit que Pépino faisait le cire-bottes, écoutez, allez, soyez tranquille, moi, je m'en charge. Nous en ferons un cordonnier. Envoyez-le moi demain. Il travaillera avec moi. Il ne peut faire qu'une gouape, en restant ainsi à la rue, sans métier.

Un flot de larmes coupa de nouveau la voix à la veuve :

— Non ! non ! c'est trop pour moi ! malheureuse !... Vous êtes trop bon !... jamais je ne pourrai vous le rendre .... Ah ! le pauvre mort ! le pauvre mort ! s'il vous entendait !... Mon Dieu ! mon Dieu ! Mais que vous êtes bon pour nous !

A travers l'eau coulant de ses yeux, elle le contemplait d'un regard intense, fixe, admiratif, comme elle aurait regardé un dieu.

— Calmez-vous ! calmez-vous ! *pécairé !* Je fais ce que tout le monde ferait à ma place !

Le petit à ce moment se prit à crier et à secouer ses jambes, témoignant qu'il voulait aller par terre.

Niflo en l'embrassant se baissa pour le passer à Fifi qui s'était retirée de la fenêtre.

Pendant ce temps, la veuve avait posé sur la

table un bocal de griottes et elle s'étirait pour atteindre des verres sur la planche au-dessus de l'évier.

Mais Niflo lui arrêta le bras :

— Non ! non ! que faites-vous, Jacoumino ? vous savez bien que je ne bois que de l'eau !

— Vous ne voulez rien prendre, alors ? Une griotte, au moins, pour la petite...

Puis, tout en découvrant le bocal :

— C'est le pauvre mort qui l'avait préparé. Vous en souvenez-vous ? comme il était content, ce jour-là ! Et maintenant ! qui l'aurait dit ! le pauvre homme !

Et zou ! les hoquets, les pleurs et de se tamponner les yeux.

Fifi, gourmande, mangeait ses griottes, en faisant courir la chaise devant le petit.

— Eh ! belle âme ! consolez-vous ! soupira Niflo. Il est heureux, maintenant, le pauvre Jacoumin ! Il a trouvé le repos du bon Dieu ! Allez, s'il pouvait parler, il vous dirait : « Pourquoi pleurer ? La vie n'est-elle pas l'enfer ? la mort m'a délivré, elle m'a fait naître à une vie nouvelle ! » Belle âme ! Pensez à lui du fond du cœur ! Nous le reverrons dans l'autre monde... Et tenez ! qui sait s'il n'est pas là à nous écouter ?...

Tous deux tressaillirent : le petit en faisant signe du doigt dans le vide, criait :

— Papa ! papa !

Il riait et frappait des mains.

En regardant devant elle, comme effrayée, avec des yeux égarés, sa mère le prit et le dévora de baisers.

A travers un rideau de pleurs elle le contemplait et elle lui riait avec des hoquets d'émotion.

Niflo, profitant de ce mouvement, tira rapidement de son gousset un petit paquet plié qui devait être de l'argent et, sans être vu, le posa sur la table.

Puis :

— Ah ! nous partons ! Jacoumine, nous nous reverrons ! Alors, c'est entendu, n'est-ce pas ? Demain, vous m'enverrez Pépino ? Vous savez où je suis ?... Allons ! il faut se faire un peu de courage !... Consolez-vous... je reviendrai vous voir dans la semaine... Si vous avez besoin de quoi que ce soit, faites-moi signe... Vous savez, comme au temps du pauvre mort, tout ce que j'ai est à vous.

En causant, ils étaient sortis sur le palier.

La veuve lui tendait le petit à embrasser. Fifi se dressait sur la pointe des pieds pour lui faire risette.

Et tous trois, devant ce petit enfant insouciant, gai comme un rayon de soleil, se sentaient ragaillardis.

Le cœur leur montait jusqu'aux lèvres en adieux sans cesse répétés :

— Adieu ! A demain ! Envoyez-moi Pépino ! Au revoir ! se criaient-ils en descendant l'escalier.

Ils étaient sur la porte de la rue, qu'on entendait encore la voix émue de la Jacoumino les remerciant d'être venus.

Ils remontèrent le Radeau et prirent par la Caisserie, car Niflo, à cause de Fifi, craignait de rencontrer ses amis.

Une impression douce et triste agitait sa poitrine :

— Pauvre femme ! pauvre femme ! se disait-il. Avec deux enfants encore !

Et son cœur s'épanouissait en un sentiment d'indicible pitié en se rappelant l'expression de reconnaissance, d'étonnement, de prière, l'expression ravie de la veuve quand il lui avait dit qu'il se chargeait de Pépino.

— Ah ! les pauvres gens ! les pauvres gens ! se répétait-il, comme ils sont bons ! Ah ! si je pouvais me partager entre tous pour les secourir ! Comme il est bien vrai que le fond de l'âme est l'amour !

Il souriait à Fifi qui sautait à son côté, enjouée, rieuse, et qui lui parlait de tout : des Sœurs, de la Jacoumino, de Tata Pécaïré, du petit garçon. Niflo lui souriait sans l'écouter.

De temps en temps, il redevenait pensif et songeait au petit criant : Papa ! papa !

Quel étrange frémissement d'effroi qu'il ne pouvait expliquer ? Le petit, assurément, devait voir quelque chose de fort ordinaire qui le faisait rire et, au hasard, par habitude, il avait appelé papa !

— C'est égal, pauvre veuve ! Pauvre Jacoumino !

Devant l'École de Médecine, en passant près d'une rangée de *babi* assis sur le rebord de la rocaille (1), il s'arrêta une seconde pour répondre aux

(1) V. index.

salutations et aux questions de toutes sortes de ces bonnes têtes d'Italiens.

Il continua, toujours rêvant et tirant Fifi distraite par les chamarrures de la Grand'Rue : les magasins regorgeant d'étalages, les farandoles d'écharpes et de tailloles, les vêtements de marin se balançant aux barres des tentes et les couvertures, les piles d'indiennes à grands ramages dévalant jusqu'aux ruisseaux.

Les charretons de légumes, les marchandes de poires cuites barrent la rue. Quand des camions ou des charrettes passent, c'est un remue-ménage, un bouis-bouis, un étouffement. Il faut s'écraser contre les devantures garnies, entrer dans les couloirs, se faire mince et glisser.

Niflo et Fifi cheminaient à grand peine. Impatientés, ils se faufilaient dans la foule.

Et, toujours, devant leurs yeux, la farandole rouge et bleue des tailloles, le balancement des pantalons et des vestes accrochés, le tout coupé de temps à autre par les guirlandes de thym d'un herboriste ou par le déchirement des corbeilles trop pleines d'un épicier, dont la porte se barrait de colliers de piments, au milieu d'un déluge de choux-fleurs, de pommes de terre et de radis roulant partout. De temps en temps :

— Hé ! Niflo !

— *Té !* Niflo !

— Adieu ! Niflo !

Il lui fallait se retourner et distinguer dans la foule qui l'avait salué.

Fifi riait. Tout ce mouvement la chatouillait. Elle aimait se sentir frôlée par la foule.

En entrant dans la rue de la Mûre, ils rencontrèrent Tata Pécaïré qui allait aux provisions.

Fifi lui sauta devant et demanda à Niflo de la laisser aller avec elle.

Niflo, qui venait d'apercevoir ses amis au bas de la rue, se trouva heureux de cette rencontre.

Mais, que de recommandations ! que de soucis pour cette petite !

— *Vé !* Tata Pécaïré, ne la laissez pas courir ! Ayez-la toujours sous les yeux !... Je te laisse. Sois sage, Fifi, sois bien sage !

Fifi le regardait de ses beaux yeux étonnés et commençait déjà à faire la moue :

— Est-ce que je ne suis pas toujours sage ? avait-elle l'air de dire.

— Comme papa est grognon aujourd'hui ! se hasarda-t-elle même à murmurer quand Niflo les eut quittées.

Elle plissait légèrement son joli front pur et une fumée de révolte se devinait en elle.

VII

LA FÊTE A PENTAGONE

LA FÊTE A PENTAGONE

— Hé ! bon bougre !

— *Ben !* Niflo ! lâcheur ! viens vite !

— Tu te fais attendre, *coulégo !*

S'écrièrent les trois gaillards dès qu'ils le virent poindre.

Ils vinrent à sa rencontre et, le prenant sous les bras, l'obligèrent à remonter la rue.

Sur le seuil du marchand de lait, du matelassier, de l'épicier, les gens se tordaient de rire à leurs plaisanteries.

Niflo secoué entre Panisso et Tirasso qui l'avaient pris par le bras, ne pouvait ouvrir la bouche tant ils criaient.

Bedoulo, devant eux, marchait en faisant le pantin, les bras étendus comme s'il jouait des cliquettes.

En attendant Niflo, ils avaient discuté à en
perdre haleine la question de savoir où ils iraient.

Tirasso en tenait pour *Passal'aigo* (1), mais Bedoulo qui possédait un creux solide le faisait céder
en criant plus fort qu'il connaissait un endroit fameux, un restaurant espagnol à *Pentagone* (2) où
ils se lècheraient les doigts.

— Passal'aigo ! disait-il, c'est trop aristo pour
nous ! Autrefois, je ne dis pas. Mais maintenant il
n'y vient plus que des messieurs. *Fouero ! Fouero !*
Puis, tu sais ! on nous verrait venir, on nous pren-
drait pour des Anglais !

Tirasso, têtu, de sa petite voix de tapette lui tenait tête avec des raisonnements à perte de vue.

Ils s'échauffaient, en étranglant leur verte, sur
un tonneau, devant Pipa.

Mais Panisso, adroitement, les avait mis d'accord en jouant au milieu de la rue à pile ou à croix
qui gagnerait.

Le hasard avait été pour Bedoulo et voilà pourquoi il conduisait la bande en faisant l'arlequin,
gracieux comme un ours et dansant la polka.

Rue de la République, pourtant, leurs embarras
se calmèrent.

Bedoulo ne faisait plus le fou, mais il prenait
plaisir à venir devant les petites ouvrières en titubant et à les frôler de l'épaule. Il se retournait
chaque fois qu'il rencontrait une femme et il ne

(1) V. index.
(2) *Id.*

manquait pas de cligner de l'œil à ses amis qui le suivaient.

Ceux-ci riaient en se chatouillant les bras et se soutenant.

Panisso disait ses parties de *cabanon* (1). Tirasso, de temps en temps, revenait à Passal'aigo où la bouillabaisse était si bonne.

Niflo, serré, déchiré entre eux, avait fini par rire de temps à autre. La bonne humeur de ses amis lui entrait peu à peu dans le cœur, chassant le souvenir de la veuve qui bourdonnait en lui si tristement.

Ils coupèrent à travers les démolitions et escaladèrent la rue Sainte-Barbe.

A l'entrée ils aperçurent Jorgui, le boiteux, qui chantait en marchant.

Ils l'appelèrent.

Ils lui parlaient en le tirant par la blouse. Le boiteux les suivait en sautant à cloche-pied pour ne pas tomber. Il se léchait les babines et disait combien le vin était bon là où ils allaient.

— *Osco!* faisait-il; et il décrivait des ronds en tenant sa jambe boiteuse.

Ils plaisantèrent les fripiers :

— *Té hé!* Bedoulo! Tu ne disais pas que tu voulais une redingote?

— Oh ! celle-là ! *vé !*

— Regarde un peu ! hé ! une morue pour le bal de la préfecture !

_____

(1) V. index.

6.

— *De diéu !* quelle culotte !

— Oh ! quel gibus !

Et ils marchandaient les savates éparpillées le long des murs. En traversant la foule, ils riaient avec leurs amis.

Tous ceux-ci connaissaient Niflo et ils l'arrêtaient pour lui parler. Les autres, alors, en riant, les invitaient à venir manger et trois déjà les suivaient en disant des cochonneries.

L'un de ceux-là avait sur les épaules deux pardessus et, sur la tête, trois chapeaux emboîtés les uns dans les autres. Un autre, qui donnait le bras à Bedoulo, venait de ramasser ses paquets de bouts de cigare et il portait dans les poches, énormes comme des besaces, d'une limousine déchirée, des rebuts de toutes sortes.

Tirasso, en manière de plaisanterie, s'était heurté à un pauvre vieux qui marchandait une paire de bottes et maintenant il l'emmenait avec lui, ils se connaissaient et ne s'étaient plus vus depuis plus de deux semaines.

Entre temps Panisso manquait s'empoigner avec des Piémontais qui, plantés devant le mur, au coin du marchand de livres italiens, fredonnaient en lisant des chansons napolitaines appliquées contre les pierres.

Se jetant entre eux il avait crié :

— *E manja macaròni !*

Et, les singeant :

— *Oh ! bàbi !*

Les gens s'attroupaient.

Entre eux tous ils eurent assez de peine à le tirer de là.

Maintenant ils parlaient tous, tenant le milieu de la rue et bousculant les marchands rencognés et accroupis devant leurs saletés entassées sur des morceaux de couvertures.

Au commencement de la place d'Aix, ils se firent ramasser par les partisanes dont ils avaient renversé les corbeilles.

Ils s'esquivèrent sans demander leur reste car la police, au coin du boulevard des Dames, avait l'air de les observer.

Devenu un peu plus sérieux, le chiffonnier aux trois chapeaux emboîtés l'un dans l'autre, expliquait à Niflo d'où venait qu'on ne voulait plus lui donner que dix sous des chiffons de laine, et il lui faisait un *conte de maître Arnaud* (1) sur la valeur des chiffons d'étoupe.

Niflo, soucieux, lui répondait par des signes de tête et des mots entrecoupés. Il regardait la bande autour de lui. Ses extravagances faisaient retourner le monde et il craignait quelque bagarre.

Mais ils s'étaient calmés. Ils ne faisaient plus que discuter avec chaleur.

Seul, le vieux de Tirasso ne disait rien. Il venait le dernier et soufflait à n'en plus pouvoir.

Ils arrivèrent à Pentagone.

— Oh ! de mes mollets ! dit le boiteux. Oui ! c'est ici qu'il y a un vin fameux.

(1) V. index.

— Un bon bœuf à la daube me mettra le cœur
en place ! soupira l'homme à la grande limousine.

Et tous avec des yeux d'envie, et reniflant l'odeur
fadasse de la guinguette, se plantèrent sur la porte.

Dans l'air, au-dessus d'eux, le drapeau espagnol
s'agitait comme une flamme.

Il leur sembla qu'ils entraient dans une grande
citrouille tellement la devanture était barbouillée
de jaune et de rouge.

— D'abord, Niflo ! gesticula Bedoulo après avoir
ouvert la porte.

— Et le reste en foule ! ajouta Panisso en poussant ses amis.

Un air humide, une odeur de moisissure et de
mangeaille à faire vomir, des murs mâchurés par
la suie, un repaire sombre, noir, suant et fumant...
des gens accoudés sur des tables sales couvertes
de toile cirée... un bourdonnement de voix dont
se détache, de temps à autre, plus forte, la voix
d'un mangeur demandant sa pitance...

Les yeux encore éblouis de soleil, en entrant,
ils ne distinguèrent pas autre chose.

Avec un remuement de chaises ils s'attablèrent
près de la porte, dans un recoin et ce furent des
exclamations et des rires.

Ils se sentaient tous le ventre vide et ils aigui-
saient leurs dents.

Le patron, voyant cette bande faire tout ce
tapage, s'empressa d'arriver les sourcils froncés.

Mais Bedoulo et Panisso se levèrent et vinrent à

sa rencontre. Ils lui frappèrent sur l'épaule et lui serrèrent la main.

Le patron, devenu *bonito*, comme il le disait en riant, appela le garçon pour donner un coup de torchon sur la table.

Ils se placèrent au hasard.

Niflo se trouva entre Panisso et Jorgui. Bedoulo était en face de lui et, crânement, il avait fait sauter sa veste et retroussé ses manches. Le chiffonnier, en plaisantant, désemboîtait ses chapeaux. L'autre s'était mis à son aise en étalant sa limousine sur une chaise et il était en train de faire grincer, en l'ouvrant, un couteau d'une longueur respectable.

A l'autre bout, Tirasso avait l'air de faire le dégoûté et il en était encore sur le chapitre de Passal'aigo.

Bedoulo l'interrompit de sa grosse voix bourdonnante :

— Tu n'as pas encore fini, lui cria-t-il, avec ton *gnia-gnia-gnia*? Ne sommes-nous pas bien ici?

Entre temps, dans des assiettes jaunes, on leur avait servi une soupe de vermicelle qui fumait comme un bateau à vapeur et les enveloppait tous d'un nuage.

Tirasso fit signe de la main et ne répondit pas. Le nez dans sa cuillère, il soufflait la soupe.

Tous en faisaient autant, et pendant un bon moment, ce fut un bruit de souffles, de lèchements, de claquements de lèvres, de frottements de cuillères, de râclements d'assiettes.

Quand ils eurent absorbé de ce vin que Jorgui trouvait tant à son goût, chacun se renversa sur sa chaise d'un air ravi.

— A propos! Niflo! dit Jorgui en se versant encore à boire, alors tu fréquentes les curés, maintenant? Quel était ce corbeau de l'autre jour?

— Le prêtre espagnol de Saint-Laurent, je ne sais pas... Il venait voir Bachi.

— Ah! oui! le père Soler! un brave *rigolo!* s'écria le vieux à l'autre bout de la table... et un bon type! Mais, pour le vin blanc de la messe, *digo-li que vénguon* (1). Quel pompier! Nous avons fait ensemble de belles parties! Quand la bouteille est à sec, il appelle cela le cul de Catherine!

Et le vieux brandissait en l'air la bouteille qu'il venait de vider dans son verre.

On leur avait servi le bœuf à la daube : des morceaux de viande noire nageant dans une sauce épaisse et graisseuse.

— *Lei capelan que la coué li boulégo!* (2) chantonna Bedoulo.

Mais personne ne continua. Tous étaient occupés à s'empiffrer en se pâmant devant le plat qu'ils trouvaient exquis.

— *De diéu!* les amis! s'écria le chiffonnier. M'est avis qu'on n'a pas oublié le piment!... Sapristi! Il faut mouiller l'anchois, camarades! Si votre père Soler était ici, que de culs de Catherine!

(1) V. index.
(2) *Id.*

— Que je ne me sois pas fait prêtre ! moi !
s'écria l'homme à la limousine. Voilà un fameux
métier !

—Ah ! répliqua le chiffonnier, ils ne sont pas si
heureux que ça... surtout à la campagne... j'en
connais un du côté de Lambesc qui...

Sa voix se perdit dans le bruit, la conversation
étant devenue générale.

—Mais, voyons ! disait Niflo, répondant à Jorgui, pourquoi ne travailleraient-ils pas comme des
ouvriers ? Est-ce que les premiers n'étaient pas
des pêcheurs, des travailleurs, de pauvres gens
comme nous ? Si c'est leur vocation, qu'ils fassen
de la religion en dehors de leurs heures de travail
et sans rien faire payer, par désintéressement, par
amour de Dieu... Alors, oui ! ils se feraient aimer
et respecter !

— Ah ! oui ! Il y en aurait beaucoup alors ! Autant voudrait dire : plus de prêtres ! plus de religion !

— Et qu'importe ! ajouta le chiffonnier. Que
peut nous faire la religion, à nous pauvres gueux ?
Il te naît un pou, allez ! un peu d'eau sur la tête...
et paie ! Il te meurt quelqu'un ? pour quelques
simagrées paie encore !... Tout cela t'avance-t-il ?
Si ce n'était pas que censément on te montrerait
du doigt, qu'on te traiterait de juif, de chien, de
renégat....

— Qu'est-ce que ça te fait ? Moi, je m'en fous
pas mal ! On peut dire tout ce qu'on voudra !
ajouta Panisso en se coupant du pain. Baste !

soyons honnêtes et faisons honneur à nos affaires!

— C'est cela même! reprit Niflo, soyons honnêtes! Ayons la ferme volonté de faire le bien,
quand même ce serait contre nos intérêts matériels. Sois bon fils, bon mari, bon père, sois bon
pour tous, que tout le monde t'aime! Voilà, n'est-
il pas vrai, toute la religion. Pour le reste, si ton
cœur te dit qu'il y a un Dieu ou si ta raison obs-
curcie le nie, garde cela pour toi, car cela ne
regarde que toi! Et puis...

— Eh! patron! vous prendrez bien un verre
avec nous, tout à l'heure? cria Bédoulo en se renversant au moment où celui-ci passait une ser-
viette sous le bras.

— *Menja! menja! qu'es bouon! charrayre!* (1)
lui répondit l'autre en courant presque le long des
tables.

Les bouteilles continuaient à se vider. Le feu
des piments colorait les joues des mangeurs, ils en
avaient le gosier brûlé et ils buvaient! Les bouteilles vides s'accumulaient au bout de la table pareilles à un jeu de quilles.

La tête échauffée, ils ne causaient plus, ils braillaient.

Les autres consommateurs se retournaient de
tous côtés, dressant l'oreille à la conversation inco-
hérente de cette bande de suce-moût.

Niflo, au milieu, avec sa face maigre aux lignes

(1) V. index.

fines, aux yeux expressifs, avait quelque chose de
distingué auprès du débraillé des autres.

Du reste on sentait en eux tous une sorte de respect pour lui et ils l'écoutaient de préférence quand
il élevait la voix. Ils le plaisantaient timidement.
On comprenait qu'ils subissaient son ascendant :

— Nous autres, disait-il, en continuant de causer tourné vers Jorgui, nous sommes Lazare à la
porte du riche, nous sommes nus, dépenaillés, galeux, souillés, nous sommes moins que rien. Nous
n'avons pas même la pitance d'un chien. Une bête
vaut mieux que nous. Le riche passe et son au-
mône nous fait honte. Mais qu'est-ce que cela ? Le
dehors, l'apparence. Allez ! Si dans l'autre
monde le riche appelle le pauvre à son secours,
dans celui-ci, il cherche, par peur, à l'exterminer
et la peur le rend dur. Chaque jour, chaque heure,
chaque moment, Lazare qu'il a mis à la porte,
Lazare qu'il a dépouillé, Lazare qu'il a fait crever
de faim, se dresse devant lui et lui tend sa main
décharnée, et ses yeux creux sont comme des couteaux qui le transpercent... Nous sommes une
fourmilière et nos guenilles couvriraient le
monde!... Eh bien! mettons nos guenilles en commun et soyons tous une grande famille!...

Les portions à trois sous s'empilaient. Après un
retour à la daube on leur avait servi une espèce de
platée : des tomates gonflées dans une sauce jaunâtre et poivrée qu'il eût été difficile de qua-
lifier.

Bien qu'ils en eussent les lèvres brûlées, ils

                                        7

vidèrent pour la troisième fois le moutardier.

Le repas tirait en longueur.

Ils se saoulaient tous. Les yeux alourdis par l'alcool des gros vins espagnols, ils buvaient et bavardaient.

Mais au milieu de leurs discours incohérents, la voix claire et reniflante de Niflo s'élevait parfois :

— Qui donc! criait-il, à l'heure actuelle, se servirait de sa force pour opprimer les autres ? Ce n'est plus possible !... Et pourtant la fortune n'est-elle pas une force ?...

— Mais, répliquait l'homme à la limousine, en se frottant la barbe, où voulez-vous en venir, alors?... Comment faire ? Est-ce qu'il n'y aura pas toujours des pauvres et des riches ?

Panisso, à cet instant, se tordait si bien de rire à une histoire obscène du chiffonnier qu'en gesticulant il renversa une bouteille et le verre de Niflo.

Cela coupa court à la conversation.

Le patron, accouru vivement au bruit, frappa sur l'épaule de Bedoulo et demanda à nos *estraio braso* (1) s'ils étaient satisfaits :

— Allons! *zou !* Trinquons! lui cria Bedoulo.

Mais le patron, en souriant et sans écouter, regardait Niflo d'un air intrigué. Cette physionomie l'offusquait, surtout parce qu'il le voyait ne boire que de l'eau au milieu de ces ivrognes.

Bedoulo, tout en versant du vin au patron, vit son

(1) V. index.

attention et, s'arrêtant, il lui présenta Niflo :

— Toujours dans les nuages ! disait-il, un rêveur !... brave mais un peu toqué !

Autour de lui on riait.

Niflo, sans rien entendre, avait repris le fil de
son discours, s'attaquant cette fois au vieux et à
Tirasso.

— Oui, disait-il, tout était en commun, la vie et
le travail. Ils ne faisaient tous qu'un seul corps,
une seule famille. Personne n'avait rien en particulier. Si quelqu'un avait des biens sous le soleil,
il vendait tout pour en donner l'argent à la com-
munauté. De chacun selon ses forces à chacun selon ses besoins. Voilà comment raisonnaient les
premiers chrétiens, avant la prêtraille.

Le patron, un verre à la main, souriait en clignant de l'œil. Il l'interrompit en criant :

— *Segnor* Niflo !

Et il lui tendait son verre, pour trinquer.

Tous alors de se lever et de toucher les verres
en une confusion titubante qui fit couler le liquide
sur la table.

Les assiettes nageaient dans un bain de vinasse.

Ils furent debout un bon moment à trinquer et
à retrinquer. C'était à celui qui trouverait la plus
grosse plaisanterie en portant la santé.

Le patron, lui, ne s'attarda pas. On l'appelait du
fond. Il s'éclipsa rapidement avec un :

— Excusez !

Niflo, Tirasso et le vieux furent les premiers à
s'asseoir pour reprendre leur conversation, le

vieux surtout, qui s'entêtait à le contredire.

Les autres, pendant ce temps, se balançant sur leurs jambes, le verre mal d'aplomb dans les mains, ne tarissaient pas de plaisanter.

Les exclamations, les cris, le bruit des discours allaient croissant. De la discussion des trois hommes on ne pouvait saisir que des lambeaux de phrases, des paroles hachées :

— Oui, disait Niflo, le travail selon les goûts et selon les forces... les produits selon les besoins... et dans la répartition ne pas tenir compte de la capacité, mais uniquement des besoins... Point de capitalisation entre les mains d'un seul... l'homme veut-il naturellement faire le mal? Je ne le crois pas. Il cherche à jouir sans prendre garde... on le voit toujours aller droit à ce qui lui plaît... mais dans le bien, toujours !... Elle est si bonne, la nature humaine !

— Eh ! la vie du porc, courte mais bonne ! dit Tirasso de sa voix flûtée.

— Oui, je te crois ! l'homme est si bon ! s'écria le vieux. Mais, Saint-Jean-Bouche-d'Or que vous êtes, il faudrait que tous les hommes fussent des anges dans la société que vous rêvez ! Et que ferez-vous des fainéants, des vicieux, des criminels, des...

Les autres, qui avaient fini par se rasseoir, s'amusaient en se chatouillant et en se poussant.

Mais on venait de leur servir le dessert et ils se demandaient où ils pourraient aller passer l'après-midi.

Puis, voyant Niflo s'échauffer, ils se mirent à l'écouter.

Bedoulo et l'homme à la limousine essayaient à voix basse le duo du *Chalet*.

— Voilà ! voilà ! disait Niflo, mais ne comprenez-vous pas que s'il y a des malfaiteurs et des fainéants, c'est la société qui les façonne ? Ne voyez-vous pas que c'est le milieu pourri qui pourrit les hommes ? Et puis, basto ! y eût-il des natures mauvaises quand même, ce serait déjà beaucoup d'avoir trouvé une situation dans laquelle il serait impossible à l'homme de devenir vicieux...

VIII

LA BARROUGA

LA BARROUGA

Niflo s'arrêta, tout à coup, bouche bée, en voyant entrer une bonne vieille qui portait une marmite sous le bras.

Ils se retournèrent. Le vieux dit :

— *Té!* la Barrouga !

Niflo s'était dressé pour aller lui parler, mais la vieille, en traînant ses savates, était déjà au fond de la cuisine.

Jorgui, depuis un moment, faisait l'acrobate avec les trois chapeaux du chiffonnier. Il s'était levé et valsait en tortillant sa jambe boiteuse.

Panisso lui lançait des écorces et des boulettes de pain.

Bedoulo, qui continuait en haussant la voix son duo avec l'homme à la limousine, venait de faire un couac et il se leva en voyant Niflo debout.

Comme le patron passait il le prit par le bras et
marcha avec lui causant à voix basse et faisant
signe aux autres.

Panisso et Tirasso le rejoignirent.

Le repas était terminé. Ils avaient décidé d'aller
prendre le café à un autre endroit. Tous à moitié
ivres, ils avaient encore assez d'aplomb pour se
conduire.

Durant ce temps, la vieille Barrouga s'en retournait.

Niflo vint à sa rencontre au moment où elle allait
ouvrir la porte :

— Eh bien ! brave Barrouga ? Alors, comment
allez-vous ? Vous ne me reconnaissez plus ?

— Oh ! pour le coup ! Niflo ! Qui m'aurait dit que
je vous rencontrerais ici ? Pour sûr que je vous
aurais reconnu ! Vous êtes toujours le même. Moi,
vé, je me fais vieille ! Et quand on est vieux, on
n'est plus bon à rien...

— Et pourquoi parler ainsi ? Voyons, vous êtes
fraîche comme le jour et dégourdie encore !... Vous
habitez ce quartier, maintenant ?

— Je suis à Saint-Lazare ; et vous, toujours au
Radeau ?

— Ah ! non ! je suis rue de la Mûre... et Niflo
pensait à Marrid-Ferri, mais il n'osait pas en parler... Que faites-vous, maintenant ? Vous vendez
toujours des panisses ?

— Non, je suis à l'asile et, allez, il y a assez de
travail ! Au moins cinquante enfants qu'il faut la-
ver, garder, faire manger, faire chier. Puis, avec

cela, à la veillée, je rempaille des chaises. Si au
moins mon enfant, vous savez bien, vous vous
rappelez, celui qu'on surnommait Marrid-Ferri,
me venait en aide ! Mais, le pauvre, il n'a pas de
chance ! Voilà plus d'un an qu'il ne peut trouver
de travail.

Tandis qu'elle parlait ainsi lentement, Niflo se
sentait devenir triste, triste jusqu'à la mort.

Toujours belle, malgré la vieillesse qui lui frois-
sait la peau, ses yeux s'étaient creusés et les pleurs
avaient fait des sillons le long de ses joues.

Pauvre Barrouga ! Il l'avait connue si joyeuse
au temps où elle vendait des panisses ! Ses beaux
cheveux, d'un blond roussâtre et qui, au soleil,
semblaient de l'or fondu, étaient maintenant couleur de toile d'araignée poussiéreuse et, embrous-
saillés sous un foulard gris, ils témoignaient de
ses tristesses et de sa vieillesse. Courbée, la
pauvre, sa tête commençait à branler et sa belle
bouche souriante d'autrefois, rouge comme une
griotte, maintenant les coins abaissés et jaune
comme un parchemin, paraissait ne plus devoir
s'ouvrir que pour se plaindre ou pour prier...

Il se rappelait le temps ancien, quand il était
encore avec son patron, le pauvre fou. Il la revoyait entrer dans le magasin et vendre ses panisses tout en riant avec les ouvriers. Comme,
alors, sa vue lui mettait un baume sur le cœur. Sa
beauté simple et forte le réchauffait comme un
rayon de soleil et il en avait pour toute la journée
à chantonner...

L'aimait-il d'amour? Qui le sait? Sa nature vieillie avant l'heure, toute de réflexion, n'avait jamais connu les frémissements de la passion. La Barrouga et Finetto, la pauvre morte, avaient fini, dans sa tête, par ne faire plus qu'une seule personne, un seul idéal de beauté, un rêve dans lequel son âme mystique se reposait, comme un enfant à genoux devant le tableau d'une Vierge.

Le cœur troublé, il l'écoutait vaguement, indiciblement triste, heureux pourtant... Jamais il n'avait éprouvé chose pareille. Rien n'existait plus autour de lui, sauf la pauvre Barrouga.

Et celle-ci, endolorie, continuait à parler de son fils avec un amour apitoyé :

— Le pauvre ! disait-elle, on l'appelle Marrid-Ferri ! Il est un peu vif, c'est vrai, mais il a beaucoup de bon, allez. Souvent il travaillerait, c'est moi qui ne le veux pas quand le travail est trop pénible et qu'il risquerait de se faire du mal. Une fois ne voulait-il pas s'embarquer ! S'embarquer ! Sainte Vierge ! dites-moi un peu, sur mer !

— Comment, se disait Niflo en lui-même, le cœur déchiré, comment cela est-il possible ? Une mère aussi bonne avoir pour fils ce nervi de Marrid-Ferri !

Et la discussion de tout à l'heure lui revenait, quand le vieux lui soutenait que les hommes naissent portés vers le mal.

La Barrouga avait ouvert la porte.

Niflo, cherchant à la retenir, lui demandait des nouvelles de sa fille.

Mais la troupe des gaillards était derrière lui. Ils se disputaient pour savoir où ils finiraient l'après-midi. Bedoulo s'entêtait à vouloir les conduire.

Dans le fond, le patron recomptait la monnaie en s'assurant s'il n'y avait pas de pièces fausses.

Tirasso, resté en arrière, lui faisait des compliments sur sa cuisine tout en lui reprochant de ne pas faire la bouillabaisse et de ne pas avoir des poissons aussi frais qu'il s'en trouvait à Passal'aigo.

Niflo, planté comme un terme, regardait la Barrouga s'en aller sur le trottoir en traînant ses savates. Il songea qu'il avait justement oublié de lui demander où elle demeurait et il allait s'élancer après elle quand, la patte épaisse de Bedoulo le saisissant par le bras, il fut retourné.

Et la voix bourdonnante de Bedoulo lui cria :

— *Ben*, Niflo ! Nous rêvons toujours alors ! *Zou !* Il se fait tard !

— Ah ! pauvre Barrouga ! dit le vieux en suivant ses compagnons.

Ils sortirent tous.

— Alors, vous la connaissez ? demanda Niflo, curieux et se tournant de tous côtés dans la rue pour la chercher.

— Eh ! si je la connais ! Nous sommes voisins ! Ah ! çà, oui ! c'est une brave femme ! Mais, *pécaïré !* ses enfants lui mangent le foie ! Elle ne gagne que vingt sous par jour, avec çà il lui faut nourrir ce grand pantin de Marrid-Ferri ! Sa fille... une pour-

riture ! Cœur dur qui verrait crever sa mère sans
la secourir... Comme elle est bonne la nature,
n'est-ce pas ? La belle fraternité qu'on aurait avec
des gens de cette sorte !... Des coups de trique,
capoun de disqui! Un bateau troué et *zou!* noyez-
moi tout çà comme des chiens !

La figure allumée, se secouant et se débraillant,
chacun voulait conduire les autres. Et, *té tu, té
idu* (1), ils sautaient, se faisaient le croc-en-jambe,
se donnaient des coups, chantaient et rotaient.

Ils se traînèrent les uns les autres jusqu'au
marché des *Fregi* dans le Lazaret.

Niflo et le vieux, restés en arrière, les suivaient
de loin en causant de la Barrouga.

— C'est incroyable, disait le vieux, l'imbécillité
de cette femme pour son nervi d'enfant! L'autre
jour, *té!* Marrid-Ferri avait censément trouvé
quelque chose à faire : un Saint-Michel. « *Pécaïré!*
disait la Barrouga, ce pauvre enfant! en suant
il pourrait prendre mal! » Et elle fit autant de
voyages que lui, le suivant pour l'aider à soutenir ce qu'il portait. Une autre fois, on lui
avait proposé de travailler sur les quais, mais
sa mère : « *Pécaïré!* oh! non! Il est comme son
pauvre père, le soleil l'étourdit! » Faire le maçon ?
Monter sur des échelles ! Sainte Vierge! Il a tout
à coup le vertige! Et voilà pourquoi il n'a jamais
rien fait.

— Je ne le vois que trop. Il est toute la sainte

(1) V. index.

journée à jouer aux cartes dans une buvette de la rue de la Mûre. Il a toujours de l'argent sur lui... Que fait-il donc ?

— C'est bien simple : le maquereau !... Pour moi, il finira mal... Combien de fois ai-je été forcé de venir mettre la paix, car, de ma chambre' je l'entendais bousculer sa mère et même la menacer. Les voisines en ont peur.

— Ce n'est pas le mauvais exemple pourtant !

— Ce sont les mauvaises fréquentations, la fainéantise. Sa mère, trop bonne, s'est laissée dominer. Quelle mauvaise plante que l'homme ! s'écria le vieux en s'arrêtant. Si ce n'était pas l'éducation et les coups, quand nous sommes jeunes, qui nous redressent, nous serions tordus d'esprit et plus méchants que des bêtes !

— Oui, l'éducation, le bon exemple, la morale.

— Et les passions du sang, alors, non ?

— C'est égal, cela ne devrait pas être ! Et cela ne serait pas dans une société contraire à la nôtre où les premiers seraient les derniers, où tout se fonderait sur la réforme intérieure de l'homme, c'est-à-dire sur sa perfection morale, où l'idéal primerait, dans une société qui ne formerait qu'un seul corps animé par l'esprit de Dieu, Dieu signifiant pour moi l'idéal suprême d'amour, de bonté, de beauté,

— Oui ! *Paire nouestre que sias au ciele que vostre règne avèngue* (1) ! En attendant nous crevons

(1) V. index.

comme des chiens ! Mais baste ! ce n'est pas de çà
que nous parlions !... Vous êtes un fameux rêveur tout de même !

Et le vieux s'arrêta encore, se croisant les bras
et branlant la tête.

— Eh ! patience ! patience ! Nous y arriverons !
continua Niflo, les yeux perdus, patience !...

— Oui, et le vieux s'arrêtait à chaque pas, oui !
comme le proverbe : Patience ! disait le loup à l'a-
gneau qu'il était en train de dévorer ! Mais, baste !
encore un coup, laissons ces questions de réforme
impossible : pauvres nous sommes, pauvres nous
resterons ! J'en reviens, moi, à cette idée, que
l'homme vient au monde tantôt bon, et alors, serait-il dans un plus mauvais milieu encore, il
pousse droit, d'une belle tige, tantôt mauvais, et
alors, rien n'y fait !

Tout en causant ils passaient au milieu des tas
de linges, enjambant les vieilles ferrailles, les rebuts, les outils, et se heurtant aux gens qui marchandaient les guenilles.

Le marché des *Fregi*, tenu en plein vent, se do-
rait aux rayons du couchant. Les ombres s'allongeaient. Le fond du Lazaret, immense, descendait
et se perdait dans la rangée des docks, s'embru-
mait d'une vapeur violette. Les bateaux géants
s'alignaient et formaient avec leurs cheminées,
leurs vergues et leurs mâts, comme une grande
toile d'araignée devant la splendeur de la mer
flamboyante reflétant le flamboiement du ciel.

La bande s'était morcelée, les uns d'ici, les

autres de là. Panisso, Tirasso, Jorgui plantés devant
un manège hurlant et grinçant, faisaient les gros
yeux et bâillaient, pris par les miroirs, les pein-
tures et la dorure des chevaux de bois. Les mains
dans les poches, ils se dandinaient en faisant le
tour. Ils riaient et plaisantaient, appelés par des
pierreuses effrontées, les poings sur la hanche.
Toute une marmaille tournait et grouillait autour
d'eux. Une poussière dorée s'élevait et, la main
sur les yeux pour se garer des réverbérations, nos
gaillards cherchaient leurs amis.

Pour ceux-ci, l'homme à la limousine et le chiffonnier causaient de groupe en groupe. Ils disaient des ordures et riaient avec des éclats.

Bedoulo, depuis un moment, faisait de l'œil en
suivant deux petites gitanes qui allaient et venaient,
occupées à marchander de vieilles couvertures et
des robes de carnaval.

Niflo et le vieux suivaient aussi leurs mouvements, attirés également par l'étrange beauté de
ces fillettes graciles, d'un brun doré, qui se distinguaient entre les autres comme un beau cuivre
brillant parmi la suie.

L'une tenait à califourchon sur sa hanche, une
jambe d'ici, une jambe de là, un petit enfant brun,
presque noir, couvert d'une simple chemise
courte arrêtée à la naissance des cuisses.

L'autre, au type superbe, aux traits puissants et
admirablement harmonisés, avait le buste enveloppé d'un fichu de soie blanche qui faisait étrangement valoir sa belle tête bronzée et fière.

Le soleil, toujours plus bas, les auréolait d'un nimbe de feu. Il faisait étinceler comme une lueur leurs grands anneaux d'oreilles et saigner la fleur d'églantier plantée, près du chignon, dans leurs cheveux noirs luisant d'un bleu d'acier et leur tombant sur la nuque comme des ailes de corbeau.

Niflo et le vieux, rêvassant, sans rien dire et balançant les bras, suivaient machinalement.

Mais, le soleil tombé, le jour faiblissait et les gitanes avec leur démarche légère, dansante, harmonieuse, disparurent dans la vapeur lointaine.

Les fripiers s'en allaient à la débandade après avoir ramassé leurs vieilleries, les uns sur des charretons, les autres sur l'épaule.

Des lumières s'allumaient au ciel et sur la terre. On entendait des cris, des appels de côté et d'autre. Une grande rumeur s'élevait.

Maintenant ils s'étaient tous perdus.

Niflo et le vieux se dirigèrent vers la ville.

Ils cheminaient, pensifs, et ils vinrent se heurter à des charrettes de bohémiens alignées au hasard.

Des tas de gitanes se traînaient par terre autour des feux où se cuisait le souper dans de grands chaudrons de cuivre. Le reflet des flammes faisait grimacer les ombres fantasques. Les uns jouaient de la guitare. D'autres, à l'écart, causaient à voix basse. La marmaille roulant sur le sol, dans les jambes des chevaux, se déchirait et se battait. Dans

l'ombre croissante de la nuit on devinait tout un
grouillement pouilleux et on ne distinguait plus
que les taches blanches des femmes et leurs vêtements à grands ramages.

Ils traversèrent ce campement avec prudence,
en s'avisant de ne rien toucher.

La troupe des bohémiens s'était tue.

Ils se sentaient surveillés et Niflo osait à peine
regarder autour de lui, tandis que le vieux rica-
nait et s'exclamait :

— Ceux-là, *osco!* l'ont trouvée la solution de la
question sociale! Voilà comment nous devrions
vivre, si nous n'étions pas attachés plus que des
coquillages à notre roche de malheur! Quand j'étais
jeune, il m'en souvient, au temps où je faisais
mon tour de France, je vécus six mois ainsi avec des
bohémiens, et je t'en... *Tè!* petit! que fais-tu là?

Ils avaient dépassé les charrettes. Devant eux,
avachie sur une couverture, une pauvre rosse qui
faisait peur se débattait douloureusement de la tête
devant un petit bohémien. Celui-ci, accroupi sur la
bête, prenait plaisir à lui larder le museau de
coups de *navaja*. Sans répondre il continuait à
larder la rosse qui sortait la langue.

— Tu n'as pas honte, petit! s'écria Niflo.

Le petit se dressa, vif comme un éclair :

— *Digalz, l'om! volèu comprarlo* (1)?

— Pourquoi la frapper de ton couteau? Tu veux
la tuer, cette bête?

(1) V. index.

— *No! no! es à vendrer, l'om! quand n'en bailatz?*
Voléu baratarlo (1)! *digatz, l'om!*

Comme surgis de dessous terre, de petits
bohémiens à moitié nus grouillèrent autour
d'eux. Des gitanes se soulevèrent du feu et s'avancèrent.

— Vite! vite! Baste! qu'il la saigne sa rosse!
Nous ne sommes pas bien ici! Puis il se fait tard!
Viens, va, Niflo!

Ils s'en allèrent.

La marmaille les accompagna en hurlant :

— *Hi! rassa de can! rassa de can!*

Ils se trouvaient à deux pas du chemin d'Arenc.
Le vieux dit :

— *Ben,* Niflo, l'homme naît bon, *què?* j'admets
que le milieu y soit pour quelque chose, mais un
enfant, *capoun de disqui!* un bouchon pas plus
haut que ma botte!... comme il prenait plaisir à
frapper du couteau cette bête! Ne voyais-tu pas
comme il jouissait de la faire souffrir? C'est une
rosse, elle ne peut plus rien traîner, personne
n'en veut, alors les enfants s'en amusent! joli
monde, n'est-ce pas?...

Mais, s'interrompant tout à coup :

— *Tè!* Niflo! c'est un hasard s'ils ne t'ont rien
volé! Moi, je me méfiais, mais toi?

Niflo aussitôt se tâta le gousset :

— Oh! par exemple! s'écria-t-il, mon porte-
monnaie! Et il fouillait toutes ses poches.

(1) V. index.

— Tu y es! tu y es! Tant de foutu! Quels voleurs!... Et il se fouillait aussi.

Puis :

— *Ben?* Elle est si bonne la nature humaine!

Niflo ne disait plus rien. Il était assailli de tristes pensées qui lui venaient en foule, écœuré du rire moqueur du vieux et il ne pouvait s'ôter de devant les yeux l'expression de l'horrible satisfaction du petit garçon à voir souffrir la rosse.

Pourtant, secouant sa mélancolie, il demanda avec curiosité :

— Alors, qu'alliez-vous me dire? c'est avec des gens ainsi que vous avez vécu six mois?

Mais le vieux s'arrêta :

— C'est trop long à conter! je ne vous accompagne pas davantage... une autre fois... quand nous nous reverrons...

Et il vira de bord.

Niflo, bourrelé de doutes, descendit vers la place d'Aix en repassant sa journée dans son esprit.

IX

LE CAFÉ BORGNE

LE CAFÉ BORGNE

— Ah ! *vai !* petite ! jolie comme tu es, si tu voulais m'écouter !

Et la grosse mamelue embrassait Fifi.

— Je ne sais pas, mais *vé !* je t'aime comme si tu étais ma fille ! Ah ! si tu voulais m'écouter ! Tu ferais ton chemin !... Va, il n'est pas gentil, Niflo ! Bientôt tu ne pourras plus faire un pas sans l'avoir derrière. Ce n'est pas ton père, après tout ! Une petite de ton âge, *que tron de Dieu !* n'a pas besoin d'être menée !... Dis donc ! Irma, te rappelles-tu, hier, Niflo ?

Et la mamelue se tournait vers la maigre en reniflant pour contrefaire Niflo.

— Ma belle ! ce qu'il nous a fait pouffer de rire !

Et elle embrassait encore Fifi en la tournant vers la glace noire de chiures de mouches.

Le petit Toni, l'air vicieux, les yeux cernés de bleu, entra par une porte du fond cachée sous une tapisserie pisseuse couleur de perroquet. Il tenait deux bouteilles à la main.

— Dis donc, Fifi, demanda la maigre, qu'arrive-t-il? Ce matin Niflo et Bachi chargeaient un camion devant la porte. Font-ils Saint-Michel?

— C'est un travail que Bachi doit faire dehors, à Saint-Louis, papa l'aidait à charger les échelles.

— Il ne couchera pas ici alors?

— Bachi? Je ne sais pas, j'ai entendu dire qu'il en avait pour quinze jours.

Toni ricanant silencieusement, avait posé les bouteilles devant elle et, la prenant par la taille :

— Viens-tu, lui disait-il, nous allons jouer !

Mais Irma, maquillée, les épaules demi-nues, mettait des plumes et des fleurs de papier sur la tête de Fifi et riait devant la glace :

— Le joli museau! Regarde comme cela t'irait bien d'être ainsi pomponnée!

Fifi se laissait faire. Ce jeu l'amusait, les compliments chatouillant sa petite vanité, elle souriait. Puis, les caresses de la mamelue, le rire de Toni, les jeux de la maigre, tout cela la distrayait, tant elle était triste la compagnie de Tata Pècaïrè, bigote, de Niflo, qui ne riait jamais, et de Bachi, toujours saoul.

Elle avait grandi en un rien de temps.

Ses petits seins fermes tendaient son corsage.

Plus hardie en même temps que plus dissimulée, une transformation se faisait en elle. Son sang plus riche lui fleurissait les joues.

Elle en était au point où les gens se retournaient sur son passage. Toute la rue de la Mûre n'avait d'yeux que pour elle.

Et c'était pour Niflo une appréhension, une peine morale poignante. Aussi ne se lassait-il pas, toute la journée, de lui faire la leçon.

Fifi, ennuyée, ne l'écoutait plus, gâtée par les caresses et les sucreries des roulures d'en face.

Un vague désir de changement, la curiosité. l'éveil des sens la tourmentaient et elle en était venue à mentir, à chercher des échappatoires, à se cacher.

Avec des câlineries d'enfant gâté, elle endormait la surveillance de Niflo et se livrait à des mômeries religieuses avec tata Pècaïrè. Si bien que ces gros naïfs la croyaient et la buvaient des yeux quand elle leur contait ses mensonges : c'étaient des courses qu'elle avait à faire pour les Sœurs, c'était une voiture renversée, c'était un monde énorme dans les magasins où elle avait dû attendre.

Quand Niflo n'était pas à son établi, elle se glissait rapidement dans le petit café de la maison meublée pour jouer avec ce Toni vicieux qui la guettait au travers du vitrage comme une araignée à l'affût.

Depuis quelques mois elle n'allait plus à la Petite-Œuvre et travaillait en ville.

Elle s'était évaporée plus encore avec des amies
de son âge et n'en était que plus de mauvaise
humeur contre Niflo qui la grondait toujours, surtout au sujet de la toilette.

— Je serai toujours comme un enfant, alors?
disait Fifi avec colère, j'ai honte à l'atelier devant
les autres !

Mais Niflo n'entendait pas de cette oreille :

— Simple ! Tu dois rester simple ! répétait-il.
Il n'y a rien de plus beau que la simplicité ! Tu ne
dois avoir honte que de faire mal ! L'honneur et la
pureté sont les plus beaux vêtements !

Il oubliait, le pauvre, que l'âme, ce papillon,
avant d'être attirée par la flamme intérieure de la
perfection morale, doit épuiser tous les enchantements des sens. L'amour du bien-être, de la parure, d'une vie brillante, n'est-ce pas la recherche,
cachée sous une forme égoïste, du mieux et du
bien ?

Ce jour-là, Niflo, parti avec Bachi pour l'aider,
Tata Pécaïré, sitôt son repas achevé, étant allée
faire une course, Fifi était entrée au petit café
sous prétexte d'y prendre du vin.

— Tu n'as pas d'amoureux, encore? lui demandait la maigre. Va, cherche les *michés*, bête !

Et elle achevait de se maquiller.

Fifi, assise au bout d'une table, écoutait Toni en
rougissant.

La mamelue chantonnait en lavant les verres au
coin du comptoir.

On sentait la mangeaille. Une table près de la

porte avait encore des assiettes et des bouteilles avec une salière renversée sur son marbre graisseux.

Les clients s'en allaient comme Fifi était entrée. Se retournant sur la porte, ils s'étaient parlés à voix basse en la regardant. Elle n'avait rien compris, mais elle avait ressenti de la gêne, de la répulsion, le tremblement d'une faute, la honte de quelque chose qu'elle ne savait dire et qui l'avait traversée sous le méchant regard de ces gens-là.

Mais, bah! cela n'avait eu que la durée d'un éclair. L'ivresse de sa puberté voilait la sensibilité de sa nature nerveuse.

Sa vie était si misérable avec Niflo, maintenant qu'elle allait en ville, comme elle disait quand elle allait à l'atelier, que tout lui faisait honte et lui paraissait dégoûtant.

Ce magasin de peintre, encroûté de couleurs, puant de céruse, lui donnait la nausée. Son réduit, là-haut sur la soupente, elle ne pouvait plus le voir. La mansarde où Niflo couchait, le coin où vivait Tata Pécaïré, la petite terrasse en pente lui semblaient pauvres à en mourir.

Et les plaisanteries de la mamelue, les farces de Toni parlant de Niflo, lui pénétraient si bien l'esprit qu'elle en était arrivée à trouver son père adoptif ridicule, ridicule en toutes choses.

Cela vint peu à peu.

Au commencement, sa nature, instinctivement rebelle, mais maintenue par la tranquillité et la simplicité bonasses des Sœurs, l'isolement de son train de vie, l'avaient rendue bonne, simple et naïve.

Mais, dans ce milieu de gueux, dans cette vie de bohémiens entre Bachi, l'ivrogne, et Tata Pécaïré abêtie de bigoterie, à côté d'une buvette, en face d'un petit café borgne, elle s'était vite mal embarquée.

Puis, les Sœurs quittées, la fréquentation de nouvelles amies, la liberté un peu plus grande, et elle en était venue où nous la trouvons : le fruit était encore bon, mais la peau commençait à se gâter.

La maigre, pomponnée, lui passait en riant de la poudre de riz. S'obstinant dans ses pensées perverses et clignant de l'œil à la mamelue, elle en revenait à lui demander si elle n'avait pas d'amoureux. Puis, habilement, en la caressant, elle l'excitait contre tout le monde :

— Eh ! Tata Pécaïré ! Tata Pécaïré ! faisait-elle, qui sait ce qu'elle a fait étant jeune ? les bigotes, vois-tu, sont toutes les mêmes ! Quand le diable devient vieux, il se fait capucin... c'est égal ! Une femme pour deux hommes ! Elle est vieille, mais ça n'y fait rien, elle doit encore...

Tandis qu'elle parlait, la porte du fond couverte par la tapisserie pisseuse couleur de perroquet, s'ouvrit. Un homme passa dans le magasin et, prenant la mamelue par la taille, il lui baisa la bouche. Puis, accrochant une clef à une rangée de clous :

— Eh bien ? Qu'ont-ils dit pour la petite ? Ils n'ont pas fait de difficultés ? Il leur fallait...

Mais il s'arrêta car la mamelue, un doigt devant la bouche, lui montrait Fifi.

Celle-ci regardait des images sur des boîtes d'allumettes italiennes. Toni les découpait avec un ciseau tandis que la maigre Irma en faisait des remarques obscènes.

L'homme, en se frottant les mains, s'était avancé au milieu du magasin et les écoutait.

Son visage, marqué de petite vérole, avait des traits tirés et las et le dessous des yeux rougi et tuméfié, un air aimable, efféminé. De grosses mâchoires avec un front étroit donnaient à sa tête la forme d'un pain de sucre. Déplumé, quelques poils de barbe se couraient après dans ses trous de variole. Propre, avec un grand col de chemise, une petite veste courte, des pantalons à grosses raies en pieds d'éléphant, toute une batterie d'argent en guirlande des boutonnières au gousset, il allait et venait en se frottant les mains et en faisant claquer ses doigts.

Bien que Fifi commençât à s'habituer à ces discours malsains, elle rougissait parfois.

La maigre qui le voyait y prenait un plaisir infernal. Elle la couvait des yeux en lui salissant l'esprit et le cœur.

Pourtant, à un moment, ce jeu devenant trop fort :

— Oh ! fit-elle, ce n'est pas bien, cela ! Comme vous êtes malpropre !

Elle se retourna et rencontra fixé sur elle le regard de l'homme étrange et perçant.

— Eh bien! qu'y a-t-il là? Ce n'est pas sale, puis! Que tu es sotte, Fifi! s'écria la mamelue en s'avançant.

Et, lui prenant la tête à pleines mains :

— Oh! que tu es gentille! le joli morceau!

Mais Fifi, honteuse, s'était détournée et, prenant ses bouteilles de vin :

— Ah! je m'en vais, dit-elle... Il doit être deux heures! je serai encore en retard... Vous, vous ne pensez qu'à rire.

La porte venait de s'ouvrir et Marrid-Ferri avança la tête :

— *Hou !* patron! dit-il, et alors?

En apercevant Fifi, il changea de ton :

— Comment va, patron? Il y a une éternité que nous ne nous étions vus.

Il entra tout à fait et se tourna vers la petite :

— Tu es ici, jolie mouche! *Houu !* la maîtresse des gueux! Vierge des ladres! Tête de ma...done! Tout ça pour des mendiants!... C'est égal, patron, vous ne trouvez pas que Niflo va un peu loin! On dirait la cour des miracles! *de dieu!... Que !* Fifi, dis-lui un peu à Niflo qu'il nous em... avec ses pauvres et sa charité... Alors, çà te plaît, petite? Moi, à la place, je me sentirais toujours pleine de poux... ou d'autres bêtes! Pauvre Fifi! n'aie pas honte! Va! nous le voyons assez, ça ne peut pas durer! Si joliette! Tu ne sais pas que c'est une fortune, la beauté?... Mais alors? Tu n'es pas encore amoureuse?... oh que si!

Il faisait le gracieux avec ses airs de nervi.

Le patron, qui semblait attendre que la petite fût partie, venait de faire servir deux champoreaux et il restait muet en la fixant et en approuvant de la tête le discours de Marrid-Ferri.

Fifi, ne songeant qu'à s'en aller, n'entendait que vaguement ce que lui dévidait le nervi...

Collée contre la vitre, avant d'ouvrir la porte, elle regardait à travers les rideaux si Niflo n'était pas revenu.

Mais, comme elle mettait la main sur la poignée, elle s'arrêta net : Tata Pécaïré arrivait avec sa lenteur accoutumée et demeurait à bavarder avec une marchande à l'entrée du couloir.

—Ah! ah! Tata Pécaïré! quelle vieille fille! ricana Marrid-Ferri. Dis-donc, Fifi, elle n'est pas collée avec Niflo? Ils ne couchent pas ensemble?... Une de ces nuits, patron, nous leur donnerons un charivari!.,.

Fifi, les joues en feu, moins écœurée des grossièretés de Marrid-Ferri que fatiguée de supporter ce nervi répugnant, ouvrit rapidement la porte sans plus attendre et, d'un saut, fut derrière Tata Pécaïré.

—Comment? Tu n'es pas encore partie! Fifi, d'où viens-tu? De chercher du vin? Nous n'en avons pas besoin.

Fifi ne savait que répondre. Vite, vite, elle grimpa l'escalier.

Tata Pécaïré montait entement derrière elle et marmottait, avec la toux qui ne la quittait jamais :

— Tout ça n'est pas clair! Fifi, depuis quelque

temps, tu n'es plus la même !... Qu'avais-tu besoin
d'aller chercher du vin !... Deux heures passées ! Si
Niflo était là, il te dirait encore quelque chose !...
C'est égal, Fifi, tu n'es plus si brave ! Tu me sem-
bles changée !... Ah ! Seigneur, mon Dieu ! Il y a tant
de mauvaises gens !

Elle s'arrêtait de temps en temps pour respirer,
car, la pauvre, avec sa toux, elle n'en pouvait plus
et marmottait de la sorte, troublée par de tristes
pressentiments.

Elle était à peine au premier étage que déjà Fifi
descendait en courant et lui passait au côté comme
un éclair en jetant :

— Je suis en retard ! Tata Pécaïré, je suis en retard !

La pauvre femme resta plantée. Elle qui n'observait jamais rien, bonasse, concentrée, dans sa
naïveté de vieille fille, la dévotion l'enlevant à
l'excitation de la vie, sentit soudain, dans un serrement de cœur, tout le danger et la transformation maudite de la belle âme de Fifi.

Tirant sur la corde qui servait de rampe, elle
continua de monter en se plaignant.

Que de choses elle se rappelait maintenant dont
elle n'avait pas fait cas ! Les longues absences de Fifi
quand on l'envoyait aux commissions, son air embarrassé, son bavardage entrecoupé de mensonges
quand, le soir, elle arrivait trop tard.

Pauvre vieille ! Maintenant qu'elle l'examinait,
comme elle la voyait se détacher, devenir arrogante, mal embouchée, perdre le respect de Niflo !

— Il y a quelque chose, se disait-elle, il faudra
que je la surveille... ah ! ah !

Et elle se prenait à tousser, arrêtée au milieu de
l'escalier.

Fifi pendant ce temps courait.

Si Tata Pécaïré avait pu la suivre, elle aurait vu
le petit Toni aller derrière elle, la rejoindre et lui
parler comme un voyou à une gourgandine.

X

L'ASSEMBLÉE DES GUEUX

L'ASSEMBLÉE DES GUEUX

La rue de la Mûre, au cours des heures de travail, reprend son calme d'après-midi de semaine.

Le soleil passant de droite à gauche, glisse au sommet des toits.

En bas, c'est toujours la boue et l'humidité parmi des odeurs d'immondices.

Personne ne passe. Les habitués de la guinguette jouent aux cartes. On n'entend que l'aboiement de quelques chiens pataugeant dans les ruisseaux, le pin-pan du forgeron à son travail, la complainte de quelques mendiants.

Ceux-ci se rassemblent peu à peu, ils forment de petits tas au coin de la Coutellerie.

Ils ont passé devant la boutique de Bachi, Niflo n'y est pas. Cela les étonne. Tout en se cherchant les poux, ils en causent.

Pépino n'a rien pu leur dire.

A côté d'eux il joue aux sous avec d'autres cire-bottes. C'est la première fois qu'il se voit seul depuis les quelques mois qu'il est chez Niflo. Il n'a pas pu résister à la tentation de revoir les petits voyous, ses camarades. D'autant plus que chaque jour ils ne manquaient pas de passer devant la boutique et le regardaient avec des yeux émerveillés. En se frottant sous le nez d'un revers de main pour essuyer leur morve, ils se disaient :

— *Oh da ! Pépino que travaio !*

Et Pépino, maintenant un peu mieux habillé, s'enorgueillit et se sent heureux.

Sa mère, la Jacoumino, est si contente !

Pepino avait un bon fond. Il tenait du père l'amour du travail, de la mère l'esprit bonasse.

Aussi Niflo en était très content.

Au début, se tenir tout un jour au travail lui avait paru assez dur. Trois ou quatre fois il avait fait l'école buissonnière. Mais sa mère en avait été si attristée, Niflo l'avait si bien sermonné, qu'étant donné sa bonne nature, cela lui avait valu toutes les corrections du monde. En très peu de temps, le mauvais pli des quelques mois passés à faire le vaurien sur le port s'était effacé.

Mais voilà, aujourd'hui, il est tout seul, ses camarades lui ont parlé et il a été repris d'enfantillages : il joue aux sous, comme auparavant, avec de petits Napolitains pouilleux.

La troupe des mendiants se lève et marche au-devant de Niflo qui arrive à grandes enjambées, tout en sueur.

Pépino, que l'un d'eux vient d'avertir en lui frappant sur l'épaule, se dispute avec ses camarades pour rentrer dans sa mise.

Niflo écoute les mendiants d'un air las, énervé. Quel ennui! Chaque jour en amène de nouveaux.

On lui en fait voir de vertes et de mûres et lui s'y laisse toujours prendre.

Comme autrefois, la rue du Radeau, la rue de la Mûre était devenue l'asile de la gueuserie.

Niflo, malgré les moqueries de tout le monde, continuait à vivre suivi de cette *mendicaille* qui le rongeait jusqu'aux os.

Il était si bon! Plus il allait, plus il se montrait pitoyable à autrui. Rien n'y faisait. Sa bonté débordante avait même fini par faire tache d'huile dans le petit cercle vivant autour de lui.

Ainsi, Bachi, gagné par l'exemple et les paroles enflammées de l'illuminé, en était venu, lui confiant sa bourse, à faire comme lui : garder le strict nécessaire et tout l'argent qu'il aurait économisé le distribuer aux pauvres du quartier.

Tata Pécaïré, au courant de cela, l'ébruitait partout et disait qu'ils étaient des saints, qu'ils étaient des hommes du bon Dieu, tout en regrettant au fond d'elle-même de ne pas leur voir plus de religion.

L'association s'était étendue : deux autres cordonniers, amis d'enfance de Niflo, s'en étaient mis, ainsi que le vieux chiffonnier voisin de la

Barrouga. Le prêtre espagnol, ne voulant pas rester en arrière et persécuté par Bachi, était venu
grossir les deniers des pauvres.

Et c'était un spectacle extraordinaire, les soirs
où ils s'assemblaient, de voir le petit magasin du
peintre regorgeant de monde et toute la ladrerie
descendue dans la rue.

Une vraie comédie! Les habitués de la guinguette
en faisaient leurs gorges chaudes. Pipa voyait
grossir sa clientèle et tout en se moquant d'eux
par derrière, il faisait, avec sa fausseté de Génois,
mille singeries par-devant et clignait de l'œil à Bachi quand il lui en parlait.

Dans le haut de la rue il n'était question que de
cela. Les blanchisseuses au lavoir ne parlaient pas
d'autre chose. Les unes prenaient parti pour, les
autres contre. Et mille histoires se contaient sur
Niflo, grossies de bouche en bouche.

La Jacoumino et Tata Pécaïré, partout où elles
passaient, le comparaient au bon Dieu.

Les unes bavardaient sur son compte avec un
air pieux :

— *Pécaïré !* le pauvre ! le bon, le saint homme !
disaient-elles.

D'autres le traitaient de *fada* (1), de fou.

Dernièrement, comme il passait près du lavoir
en allant à la Grand'Rue, quelques grosses filles,
faisant jaillir l'eau savonneuse sous leurs battoirs,
l'arrosèrent et le salirent en lui faisant la conduite.

(1) V. index.

Aussitôt les autres laveuses prirent feu pour lui et ce fut une dispute, une échauffourée *dou tron de disqui* qui révolutionna tout le quartier.

Il s'en allait la tête dans les nuages, pensif comme un astrologue :

— Baste ! disait-il aux uns, j'aime mieux être trompé que de laisser souffrir quelqu'un !

— Eh ! qu'y a-t-il de plus beau, disait-il d'autres fois, que de voir les gens heureux autour de soi ? La douleur ou le bonheur des autres doit être notre douleur et notre bonheur !

Il ne voyait pas que *tous* se moquaient de lui, tous à double face, craignant l'opinion, n'osant pas dire franchement ce qu'ils sentaient s'agiter dans leur cœur à son exemple.

A l'exception de Bachi et du vieux chiffonnier, ses autres associés, les deux cordonniers, agissaient par une imitation difficile à comprendre, puisqu'ils étaient les premiers à s'en moquer.

Le prêtre espagnol, lui, visiblement gêné, était là pour se donner l'air de les conduire.

Ils donnaient à l'aveuglette, ils se laissaient voler avec une simplicité, un abandon de cœur indicibles, seulement heureux des remerciements, de l'amitié, des courants d'amour fraternel qu'ils sentaient entre eux. Ils croyaient, âmes simples, avoir trouvé le bonheur.

Le fait est que d'avoir tout en commun, de donner selon leurs forces, de consommer selon leurs besoins, cela établissait entre eux une égalité d'humeur, de désir et de bonne volonté.

Ils se respectaient réciproquement, chacun d'eux
se voulant meilleur, et ils étaient les uns pour les
autres comme les membres d'une grande famille
où tous se seraient aidés.

Niflo, le vieux et Bachi, se sentaient transformés.

Les autres associés furent vite refroidis.
L'égoïsme leur fit voir les défauts de cette vie
comme des choses ridicules. Ils se prenaient à
avoir honte quand on les plaisantait et ils finirent
par ne presque plus rien apporter à la tire-lire
commune.

Le prêtre espagnol, le premier, dit en grognant
qu'il avait ses pauvres à lui.

Les autres, moins ardents, moins mystiques, es-
sayèrent de dire qu'il fallait choisir, que presque
tous vivaient à leurs crochets, que cela n'était pas
bien, qu'on les prenait pour des imbéciles, des go-
beurs, qu'ils étaient toqués de jeter l'argent, et
surtout que cela ne profitait qu'aux buvettes.

Ainsi les deux cordonniers, l'œil ouvert et plus
pratiques, avaient cherché, s'étaient informés. Ils
en avaient suivi quelques-uns et de les voir pares-
ser et s'enivrer avec leurs deniers, ils en avaient
conclu que tous faisaient la même chose.

C'était devenu un sujet de discussions interminables où tout était mis à la lessive, depuis la
question de la répartition des richesses jusqu'aux
bases de la vie sociale, jusqu'au mystère de l'existence.

Rien ne les arrêtait, ils jugeaient de tout.

Les uns, encore dans la bestialité, en tenaient

pour un idéal de vie sauvage sans d'autres rela-
tions que la satisfaction de la faim et des besoins.

Les autres, partageurs féroces, communistes
sans le savoir, manquant de délicatesse et du sentiment des rapports des choses, en venaient à une
égalité farouche, l'égalité qui coupe les têtes pour
mettre les cous au même niveau.

Les cervelles s'échauffaient. Certains soirs le petit magasin de Bachi ressemblait à un club. Les
uns étaient bons et raisonnables. Les autres, se
proclamant anarchistes, vantaient la propagande
par le fait et rêvaient de sang, d'incendie, d'égor-
gements.

Niflo, alors, se dressait.

Comme par enchantement, tout le monde se taisait. Sa voix rauque s'éclaircissait, sonnante, et,
en dépit de ses phrases embrouillées, il les fasci-
nait. Un fluide semblait véritablement surgir de
sa personne. Une émotion étrange les poignait.

Ses conclusions étaient toujours les mêmes :

— Que tu tournes, que tu retournes, frère, tu es
la chair de ma chair, tu es le cœur de mon cœur !
Pense ce que tu voudras, dis ce que tu voudras !
Mais aime-moi comme je t'aime ! Voilà la vie et
voilà l'idéal !

Ces mouvements d'idées soulevaient le quartier.
C'était comme une fièvre, un travail intérieur, une
ardeur de pensée dans ces esprits endormis, à
peine sortis de l'évolution matérielle.

Mais pour ceux, si nombreux, condamnés dès le
berceau à une existence animale et grossière, ma-

chines à manger et à boire, cerveaux élémentaires,
forces instinctives, pauvres pauvres que la société
écrase et tue, pour ceux-là, tout était rêveries, fo-
lies.

L'œil fiévreux, les mâchoires ouvertes, bavant
par avance de plaisir, ils ne voyaient que le petit
verre à licher, le cul d'assiette à nettoyer, l'os à
ronger, et le cagnard pour dormir.

Donc, il y avait réunion ce soir-là. De tribord à
babord, il en descendait : du haut de la Grand'-
Rue, du côté de la Pêcherie-Vieille, des rues de la
Loge et de la République ; il en venait du port, il en
venait des quatre coins de la ville.

Traînant leurs jambes lasses et balançant leurs
bras, tout cela s'attroupait et grouillait sur la place
Gelu, mêlés aux petits groupes de matelots et de
napolitains qui s'écartaient avec un air de les toi-
ser.

Des bandes de gens arrivaient bras dessus bras
dessous, mieux habillés, plus crânes et plus
jeunes.

A la queue, le long des maisons, regardant dans
les couloirs, l'oreille basse, pliés en deux, de
longues files s'avançaient. Ceux-là étaient comme
resserrés de froid, tremblants, les mains dans
leurs manches ou cachées sous la veste.

Des groupes d'estropiés se traînaient sur leurs
bâtons, sur leurs culs de bois, sur leurs jambes
tordues, en des chariots attelés de chiens, ou
vautrés sur des voiturettes d'orgues de barbarie
tirées par des enfants galeux.

C'étaient des chiffonniers chargés de sacs de chiffons, de paniers de crottin, de paquets de chiques ; des malheureuses avec des squelettes d'enfants sur leurs mamelles desséchées ; des enfants à moitié nus, la face écailleuse de dartres, donnant la main à des aveugles en blouse bleue couverte d'un écriteau ; de grands bougres, fiers comme Artaban, tendant le moignon d'une épaule coupée ou tortillant des mollets à varices crevées.

Se glissant comme des serpents, maigriots, mesquins, l'œil bouché d'un emplâtre, le cou entortillé, le chapeau sur le nez, un bandeau sur les joues, d'autres, l'œil soupçonneux, fureteur, allaient et venaient.

Et tous, accroupis dans les couloirs, juchés sur le bord de la fontaine, serrés sur les bancs de la petite place, se mêlaient, s'appelaient, ricanaient dans une confusion de crasse et de vermine.

Les gens du quartier, mal rassurés, se demandaient quand cela finirait.

Heureusement pour eux la police veillait.

Les marins, les portefaix, les vieux se chauffant au soleil, jusqu'aux gamins jouant aux billes, tout le monde se tenait à l'écart.

Et toujours il en venait de nouveaux : trimardeurs à bérets, bâton en main et baluchon sur l'échine ; couche-vêtus aux yeux englués de chassie et crottés jusqu'aux cheveux ; ramasseurs de crottin fiévreux ; mendiants brillants de graisse ; acrobates grelottant sous leurs maillots cachés par une couverture de cheval ; gens étranges : Serbes

à bonnets rouges, Autrichiens à grandes bottes
Espagnols chaussés d'espadrilles... toute une fourmilière, une incroyable mêlée retentissant de tous
les jargons du monde.

Maintenant on ne pouvait presque plus passer
dans la rue de la Mûre, tout à l'heure si déserte :
ils emplissaient les couloirs, se pressaient sous les
portes, s'étouffaient devant la guinguette et le petit
magasin était pris d'assaut.

Au café borgne d'en face, les deux femmes, Irma
et la mamelue, les poings sur les hanches, dans un
débraillé de poufflasses, plaisantaient avec des
vauriens.

Ceux-ci, Marrid-Ferri en tête, excitaient les gueux
et faisaient les crânes, admirés des mendiants
ébahis et tourmentés d'envie devant les tonneaux
chargés de bouteilles et de verres.

Pipa, avec sa bedaine triomphante et couenneuse, l'air endormi, mais l'œil sur tout, flânait,
tranquille, parlant peu et tenant tout en respect.

Niflo, dans le fond du magasin, entouré de ses
amis, ayant devant les yeux une forêt de têtes dévalant dans la rue, causait fraternellement avec
tous.

Un grouillement, une poussée, un remous ac-
compagnés d'un long murmure semblable à celui
de la mer qui se gonfle, c'était le prêtre espagnol
qui avançait avec peine, trouant la foule.

Une longue rumeur le salua, rumeur respectueuse chez les uns, murmure envieux chez les
autres.

Lui, la face rayonnante d'orgueil, souriant de satisfaction, entra en se tenant la robe et s'avança vers Niflo en tendant la main à tous.

Ils discutaient en ce moment avec une ardeur sauvage, dans un bourdonnement croissant :

— Est-ce qu'il y a de la justice à l'heure d'aujourd'hui ? Est-ce que la loi est juste ? Tout est à refaire ! Tout est à rebâtir ! *Fouero ! fouero !* Que vienne une révolution, *capoun de disqui !* qu'elle vienne !

— Nous ferons *rapiamus ! Chala !* Volons un peu à notre tour !

— Eh ! tout ça, c'est bon à dire ! criait un gascon au front écrasé, au nez de perroquet, aux lèvres rongées par un chancre ; c'est bon à dire, tout ça ! Mais après, que ferez-vous ? Si la loi est mauvaise, il faut la changer, établir une balance, un équilibre. Autrement, où irons-nous sans gouvernement ?

— Si la sociale venait, vous verriez comme tout changerait !

— Sûr ! s'écriait un autre, il y aurait du travail pour tous, alors, et on ne verrait plus de pauvres !

— Hé ! père Soler, qu'en pensez-vous ? s'écria le vieux chiffonnier qui s'était levé pour lui faire place.

— Eh ! je dirai qu'il faut respecter la loi ! l'homme juste n'a rien à craindre ! la justice est le règne de Dieu !

Le prêtre toujours souriant de satisfaction, s'assit sans façon sur la chaise pendant que le vieux chiffonnier s'accroupissait sur un pot à couleurs qu'il avait retourné.

Les deux cordonniers, amis d'enfance de Niflo, s'approchèrent du père Soler et lui parlèrent avec mille singeries.

D'autres le contemplaient avec des yeux soumis, dévots.

La conversation se mêla et s'interrompit un moment.

Puis, Bedoulo en tête, la bande des mécontents, boudant aux paroles du père Soler, recommença de plus belle à se faire entendre :

— Oh ! criait l'un d'eux en s'épouillant, la chemise déchirée et l'air sombre, oh ! que vient-il parler de respect ! le curé ! Tant que des pauvres creveront de faim dans la rue, il n'y aura ni loi, ni justice !

— Eh ! tonnerre de Dieu ! hurla alors un jeune dépenaillé qui montrait en gesticulant des épaules d'hercule, vive la révolution ! Il n'y a que la violence ! Alors, nous bifferons la loi et chacun sera libre comme l'air !

Niflo tressaillit et, se levant soudain :

— Qui parle de violence ? Ne savez-vous pas que la violence appelle la violence ?

Tous firent silence.

Niflo, emballé de plus en plus, s'échauffait :

— Violent que tu es ! Tu ensemences la terre de haines, de rancunes et de colères, tes enfants en récolteront le mal, ils s'ensanglanteront les pieds, le serpent leur enlacera les jambes ! Te voilà avec ta violence comme une bête féroce !

Le jeune gaillard haussa les épaules et ouvrit la bouche pour lui répondre, mais sa parole se perdit. Niflo, avec une voix retentissante comme le marteau d'un forgeron, continuait :

— Fou et imbécile qui dit : Je ferai du mal à mon tour et mon cœur en aura contentement ! Je serai injuste, je serai méchant ! Puisque j'ai tant souffert, je ferai souffrir les autres ! Voilà comme sera ma justice ! Mais, couillon ! l'épée que tu tiens, ne vois-tu pas qu'elle te coupe la main ! Sois bon et le monde entier sera bon !

Un long murmure s'éleva, grandissant.

Le jeune destructeur, pris à partie par quelques-uns, se débattait comme un damné, gueulant qu'il n'avait pas voulu dire cela, qu'il allait s'expliquer.

En des bousculades, un bourdonnement de discussions, chacun parlait avec passion et l'on entendait de temps à autre :

— *Osco !* Attrape, *estraio-braso !* Bravo, Niflo !

Le prêtre espagnol, durant ce temps, s'était levé pour parler à quelques déguenillés qui, n'ayant pas trouvé place dans le magasin, restaient avachis sur l'escalier.

Ceux-ci, mendiants d'église, le connaissaient depuis longtemps ; pour tout dire, ils étaient pays.

— Qui frappe avec l'épée périra par l'épée ! ajouta-t-il pompeusement en les quittant pour regagner sa chaise.

Il essaya, avec un geste de prédicateur, d'attirer l'attention sur lui.

Le pauvre! personne ne l'écoutait et le bruit des voix était si désordonné qu'on ne se comprenait plus.

— Oui! qui frappe avec l'épée périra par l'épée! Quand Jésus au jardin des...

Des rires éclatèrent.

La bande de Bedoulo, le jeune *estraio-braso* en tête, furieux de s'être vus clouer par Niflo, voulaient prendre leur revanche sur le père Soler.

Les amis de celui-ci en criant :

— Laissez parler ! laissez parler ! firent un tel fracas que le prêtre ne put achever.

Parfois, durant un silence, car tout cela mugissait comme le mistral dans les pins, on entendait la voix enrouée de la mamelue d'en face qui disait des saletés et, les jambes écartées, les bras retroussés, imitait les tics de Niflo.

Un incident mit la rue en bonne humeur : des acrobates, ayant fait faire le cercle, dansaient, en remuant leurs culs, un quadrille de nervi.

Puis, on entama des chansons.

Attablés devant Pipa, Marrid-Ferri et son escouade venaient d'avoir l'idée de former des chœurs et, doucement d'abord, puis, à pleine bouche, ils gueulèrent tous, dans une harmonie de gosiers mal huilés, et ils firent retentir la rue de la Mûre, du haut jusqu'en bas.

La police, aux aguets depuis le commencement de la scène, eut tôt fait d'apparaître et de disperser la bande ordurière en une fuite d'ivrognes, de boiteux, de culs-de-jatte, de morveux et d'étripés.

Le père Soler, dans sa vanité têtue de Catalan, craignait de n'être pas assez remarqué. Il se trémoussait, allait et venait, accrochait les uns, appelait les autres, donnait des conseils, faisait l'homme d'importance.

Un court instant tout se calma.

Mais les gueux revinrent, inondant de nouveau la rue, et de nouveau ils s'attroupèrent devant le magasin.

Ceux qui n'avaient pas encore vu Niflo se dressaient sur leurs orteils et se le montraient du doigt.

Niflo faisait ses comptes avec ses amis. L'argent passait de mains en mains ; chacun donnait comme s'il acquittait une dette, chacun recevait sans dire merci. Son visage, ordinairement pensif et triste, était transformé par une illumination de bonheur et de joie.

— Oui, disait-il, tant que les hommes seront avares et méchants, les meilleures lois seront mauvaises ! Il y aura toujours des fripons pour tromper et voler leurs frères avec des paroles d'amour.

— Parbleu ! c'est ainsi que font les curés ! N'est-ce pas, père Soler ! cria une voix enrouée.

Mais ces mots se perdirent et demeurèrent sans réponse.

Niflo continuait :

— Tant que la justice ne sera pas dans les cœurs, qu'importe qu'elle soit dans la loi ! La loi ! Qui peut dire : nous ferons de justes lois ? Car personne n'est juste et nous ne savons pas ce qui est

bon ni ce qui est mauvais. Et, tenez, regardez les
gouvernements ! quels qu'ils soient ! Sous le
masque de la justice ils font mourir, ils font
massacrer les gens!... Encore une fois, sois juste
et bon toi-même ! Un homme au cœur plein de
malice peut avoir des paroles d'amour sur les
lèvres, ses œuvres ne sont que mal et méchanceté.

Cependant les deux cordonniers, suivis du père
Soler, fouillaient de groupe en groupe, dévisageant
les gueux, les comptant et les chiffrant entre eux.
Le prêtre disait à chacun des mots mielleux et parlait comme un apôtre de religion, de charité, de
Dieu, avec une figure enluminée par le vin qui
démentait ses paroles.

Ravis, bâillant d'admiration, des cercles se formaient devant Niflo et le buvaient des yeux :
c'étaient les bons, les timides, ceux qui osaient à
peine dire que leur âme était à eux, pauvres
ouvriers aux mains rudes et salies par le travail,
pauvres femmes endurant l'enfer pour élever leur
progéniture, enfants chassieux, blancs comme des
linceuls, avec de grands fronts pensifs et des
lèvres blanchâtres.

Ceux-là se tassaient les uns sur les autres et
d'âpres relents d'haleines puantes montaient parmi
les odeurs rances de la peinture et la sueur des
guenilles accumulées.

Les autres, les négateurs, les destructeurs, les
querelleurs, les mécontents, conduits par Bédoulo
sortaient de la boutique.

—Tout ça, c'est des calotins ! disaient-ils en

dessous avec un air de mépris. Niflo est bien bon !
et même trop ! C'est un rêveur ! Il n'y comprend
rien !

Et, méchamment, ils avaient mis le magasin au
pillage, vidant les pots de couleurs, renversant le
baquet de potasse, barbouillant leurs amis à coups
de pinceau.

Pourtant personne ne se fâcha. Niflo fit semblant de ne rien voir.

Et ils se retirèrent, leur peine perdue, en lâchant
de sales propos.

Ils allèrent grossir l'escouade de Marrid-Ferri
devant les tonneaux chargés de verres.

D'autres mendiants, d'autres miséreux entrèrent, s'écrasant les orteils pour voir Niflo.

Dehors on entendait la voix aigre du prêtre qui
avait réussi à former autour de lui un petit cercle
d'auditeurs : il paraphrasait le Sermon sur la Mon-
tagne, en l'entremêlant de vilains mots quand on
lui coupait la parole :

— Non ! gesticulait-il en criant tant qu'il pouvait, non ! ne te préoccupe pas de savoir où tu
trouveras de quoi vivre, ni même de quoi te vêtir.
La vie ne vaut-elle pas mieux que la mangeaille,
et le corps que le vêtement ?

— Que dit-il ? que dit-il ? aboyait-on devant
lui. Que dit encore le corbeau ! Ah ! oui ! je voudrais te voir nu à grelotter, le ventre vide ? Tu ne
bavarderais pas ainsi, alors, sûr !

— *Macagon Déu !* Laissez-moi parler ! hurlait-il
en écumant. Regardez l'oiseau ! Est-ce qu'il sème ?

Est-ce qu'il récolte ? Mais le bon Dieu le nourrit...

— Ah ! qu'il est *rigolo*, le père Soler ! Regardez-le ! criait-on.

— Ferme ! ferme ! tonnait Marrid-Ferri, mets la barre, *coueioun !*

Et la mamelue, sur la porte du petit café, se prit à crier comme une possédée , avec des gestes obscènes.

Bédoulo, ramassant des trognons de choux dans le ruisseau, prenait le curé pour cible.

Durant ce temps, dans le magasin, des voix lamentables exhalaient leurs plaintes.

Les uns disaient l'amertume de leur vie :

— Ah ! soupiraient-ils , il vaudrait mieux mourir !

D'autres énuméraient leurs peines et pleuraient sur leurs malheurs :

— J'ai le guignon sur moi ! Rien ne me réussit

— Je sors de l'hôpital et je ne puis trouver de travail !

— Vivre de charité ! Cela est-il possible !

— La vie est belle, pourtant ! Il nous en faudrait si peu !

Ainsi s'exclamaient quelques-uns et une tristesse navrante les pénétrait tous.

— C'est vrai ! pourtant ! répondait Niflo ; souffririons-nous encore plus, nous aimons la vie. Nous avons cet amour planté dans le cœur, rien ne peut l'arracher. Pourquoi se plaindre alors ? Au contraire ! Aimons la souffrance, puisque vivre c'est souffrir ! Puis, souffrir de tout, c'est ne souf-

frir de rien !... Et que craindrais-je, si j'ai la conscience d'un homme de bien ?... Et si je n'ai plus
envie de rien , est-ce que tout ne me conten-
tera pas?... Le bonheur est de vivre pour les
autres, de répandre son cœur comme un parfum,
oui, comme un parfum embaumant même la faux
de la mort quand elle viendra nous moissonner !

Un éclat de rire formidable retentit soudain
dans la rue et lui coupa la parole, un éclat de rire
jaillissant, crevant *crescendo* depuis les voix de
basses enrouées et avinées, jusqu'aux cris aigus
des femmes , jusqu'aux hurlements des vieux,
jusqu'aux claironnées des enfants imitant les
coqs.

La rue en fut ébranlée, comme si on avait tiré
des bombes.

Le ricanement immense, du haut en bas, courait
comme une tempête dans les antennes, une tempête de rire étourdissante donnant aux têtes le
torticolis, faisant tressaillir les couennes et gonfler les entrailles, faisant frapper du pied, danser,
sauter.

Et le rire contagieux reprenait de plus belle en
cascadant accompagné de claquements de mains
et d'une pluie drue de pommes de terre, de trognons de choux, de tomates, de boue et d'ordures.

Quelle échauffourée ! Des groupes montaient en
poussant, renversant et culbutant d'autres gueux
qui descendaient bride abattue.

On eût dit une bataille et cependant tout le
monde riait d'un tel rire que les maisons avec leurs

couloirs empuantis, leurs fenêtres parées de linges merdeux paraissaient en trembler. C'était un rire grandissant, grandissant, grossissant, un ouragan !

Et les miséreux qui se plaignaient, les désespérés qui pleuraient, les moribonds qui râlaient, se précipitèrent dans la rue, en riant d'entendre rire et sans en connaître encore le motif.

Niflo, resté seul, regarda au travers de la vitre ainsi que d'une guérite et le cœur lui défaillit.

Au milieu de la foule étouffante, Bachi, saoul, trébuchait et vomissait. Il était poussé, pressé, traîné par une bande de gueux aussi saouls que lui.

Sali, le visage ensanglanté, les vêtements en lambeaux, mâchuré de boue jusqu'aux cheveux, il gesticulait en ouvrant la bouche comme pour chanter.

Marrid-Ferri, devant lui, lui jetait encore de l'eau-de-vie dans la gueule.

On le déchirait, on lui envoyait des coups et à chaque geste, à chaque titubation, à chaque vomissement, c'était le même rire bestial crevant les poitrines et secouant la rue.

Le prêtre saisi, enveloppé, bousculé, traîné, roula dans les remous malgré ses efforts et il se trouva face à face avec Bachi.

Celui-ci, manquant tomber, le prit aussitôt au cou et se mit à l'embrasser en vomissant sur sa soutane.

Ce fut alors un délire, une bourrasque incroyable, indicible ! Tout sembla s'effondrer.

Niflo, les yeux voilés, sans plus rien voir au tra-

vers des larmes jaillissant de ses yeux, s'déroula
sans pensée, comme hébété, dans son coin.

Et, au dehors, le rire épouvantable cascadait,
tonnait, s'étendait comme un bruit de *Cisampo* (1).

(1) Voir l'index.

XI

LE CRÉPUSCULE SUR LA TOURRETTE

LE CRÉPUSCULE SUR LA TOURRETTE

— C'est trop ! Niflo, vous êtes trop bon ! Ils vous
rongeront le foie, ils vous mettront sur la paille, et
par-dessus le marché ils se moqueront de vous !

— Ah ! je voudrais bien l'être, trop bon ! Je suis
ce que je suis ! Je n'ai pas de mérites à faire le
bien ! Cela me plaît, et rien de plus... Que voulez-
vous, Jacoumino, c'est plus fort que moi ! Je ne
peux pas voir souffrir !

— Mais, au moins, s'ils ne se moquaient pas de
vous ! C'est un crève-cœur ! Ainsi, hier, vous n'avez
pas vu ?

— Si cela leur plaît à eux de se moquer de moi,
il me plaît à moi de faire ce que je fais, ainsi nous
sommes égaux.

— Quelle trempe d'homme vous êtes, Niflo ! Si
vous saviez combien il y en a qui vous aiment !

Et la Jacoumino semblait en adoration.

Des hauteurs de la Tourrette où ils s'étaient ren-
contrés, leurs silhouettes se détachaient sur le couchant comme deux grandes ombres nimbées de
feu : elle, vêtue de noir, mince, et d'un port de
statue avec son plateau de poires cuites en travers
des hanches, sous le bras ; lui, simple, l'air un peu
rustre, mais le visage émacié étincelant d'une passion étrange, d'une ardeur maladive.

Les nuées dans le ciel se déchiraient, laissant
jaillir de grands flamboiements qui rayaient d'or
l'immensité. Et l'immensité, bouleversée par cet
amoncellement de nuées morcelées, paraissait
pleine de fantômes.

Là-bas, à la limite de l'horizon, dans une vapeur
sanglante, le soleil descendait et de grandes barres
violâtres, minces, longues comme des épées, semblaient le trépaner.

Au-dessus, marquetés de charbons ardents, des
parfilages orangés, dorés, argentés, cuivrés,
nouaient et dénouaient leurs formes. C'étaient tantôt des monstres à l'aventure, ouvrant leurs gueules
pour engloutir le soleil. Et tantôt ils s'allongeaient,
s'effilaient, s'amincissaient, s'évanouissaient dans
une splendeur d'incendie.

Et, de nouveau, de grosses nuées sombres roulaient, montaient, descendaient, se déchiquetaient
et se regonflaient dans les jaillissements du couchant.

La terre, mouillée par une pluie récente, reflétait
ces splendeurs et prenait une teinte métallique.

Et là cathédrale, à main droite, se dressait immense, géante, illuminée comme un palais de fée sous ses dômes dorés brillants comme des étoiles et sa carrure sombre venait se perdre dans l'ombre inférieure, pleine de reflets comme un bouclier d'airain.

Tous deux causaient : Niflo les yeux perdus à travers l'espace sur la mer endormie, claire comme un ciel sans nuages ; elle, serrée contre lui et le buvant des yeux.

— Excusez, Niflo, si je vous demande ça, mais, vé, il y a longtemps que je l'ai sur le cœur ! Dites-moi, vous n'avez jamais pensé au mariage ? Comment se fait-il que vous soyez resté garçon ?

— Oh ! Jacoumino ! quelle idée !...

Sans savoir pourquoi, il se sentit monter une rougeur aux joues.

— Non, jamais ! jamais ! C'est curieux, je n'y ai jamais pensé !

Et tout à coup, devant ses yeux, il vit se lever le souvenir radieux et clair de Fineto, le visage rieur de la Barrouga, l'air bonasse de Tata Pècaïré, tout cela, ainsi qu'une image de sainteté, flottant, blanc comme un lys, entre le ciel et la mer.

— C'est que, si vous aviez une famille, vous n'auriez sûrement pas les idées que vous avez et vous vous diriez que la première charité...

— Assez ! assez ! Jacoumino ! vous allez dire de mauvaises choses ! Pourquoi parler ainsi ? Est-ce que je n'ai pas une famille, autour de moi ? La famille ! c'est ceux qui vous aiment, qui pensent

10.

comme vous, qui ont le même cœur que vous...

— Ah ! sûr ! vous avez été pour nous plus qu'un père ! soupira la Jacoumino.

— Et supposez que j'eusse une famille comme vous l'entendez, mon bonheur ne serait-il pas toujours le même : voir tout le monde heureux ! Alors, si vous voyiez quelqu'un souffrir de la faim, vous le laisseriez crever parce qu'il n'est pas de votre famille ?

— Que vous êtes bon, Niflo ! vrai ! Mais si je parle ainsi c'est qu'il y a tant de fainéants qui en profitent pour faire le mal ! Si vous n'étiez pas si aveuglé par votre bonté...

— Baste ! baste ! Jacoumino, ne jugeons pas les autres, si nous ne voulons pas être jugés. Est-ce une raison, parce que quelqu'un a des vices, pour le laisser pis qu'une bête sans secours ?... Ah ! Jacoumino !

— Excusez-moi si je vous parle franchement, mais, *vé*, c'est pour vous montrer où vous allez ! Vous avez été pour nous si secourable que je me suis demandée des fois si vous étiez bien un homme de chair et d'os, ou si vous étiez la providence du bon Dieu descendue sur la terre... Et voici qu'après le scandale de l'autre jour, quand votre *pauriho* a mis la révolution dans le quartier, je me suis promis à la première occasion de vous en parler... Vous ne savez pas que tout en vivant de votre sueur on vous traite de fou et de *fada* ? Les honnêtes gens vous voient d'un mauvais œil et se moquent de vous. Les nervis du quartier veulent vous chercher querelle. Gardez-vous de Marrid-Ferri et de Bedoulo !... Allez, si je vous disais tout ce qui se mitonne!... Pépino me répète les commérages du quartier et je vous assure...

Niflo ne faisait que hausser les épaules et sourire avec insouciance, écoutant à peine le dévidage de la Jacoumino.

Les yeux distraits, il contemplait le tison ardent du soleil qui s'éteignait dans le sillon cramoisi de l'horizon. Ses grands flamboiements rayaient encore l'immensité, plus rouges de sang, plus affaiblis. Les nuées déchirées semblaient vouloir se rejoindre. Le ciel prenait une teinte verdâtre. Et, sur le flanc de la cathédrale, les dernières clartés venaient doucement mourir comme un baiser d'agonisant.

Les ombres douces, verdâtres, s'allongeaient, s'allongeaient à l'infini. L'espace s'éclairait d'une lueur de rêve. La mer s'assombrissait. Un brouillard de suie et de fumée s'élevait là-bas au-dessus de la rangée des bateaux géants, des enfilades de docks et d'ateliers, de l'amoncellement formidable qui se prolongeait le long des quais jusqu'aux sommets des collines de Saint-Henri.

De temps à autre un bateau entrant ou sortant, une tartane filant au loin, mettaient de grandes taches noires sur le miroitement falot de la mer.

La Jacoumino parlait avec passion et dévidait son écheveau, disant le bien et le mal, répétant les cancans de la rue, et se croyant écoutée de Niflo.

Mais celui-ci, perdu dans ses pensées, rêvait à des choses hors de ce monde.

Pourtant, un instant, alors que la Jacoumino l'avait en gesticulant heurté avec son plateau de poires cuites, il l'avait entendue dire :

— Si tout le monde était bon ! Alors, oui ! Mais qui est né pointu ne peut pas mourir carré et *vé*, Niflo, la terre est partagée entre les agneaux et les loups.

— Comme le vieux ! pensa Niflo qui se rappela soudain ses discussions avec son ami. Si c'était vrai, cela ! Si des hommes naissaient réellement mauvais, condamnés fatalement au mal !... Non ! ce n'est pas possible que la voix du sang, que les passions de la bête aient le dessus... Mais la conscience, pourtant !...

Et le soleil qui venait de disparaître derrière le voile sombre de la vapeur changée en nuage, jaillit soudain au travers d'une déchirure, le forçant à fermer les paupières et l'enveloppant de feu comme pour lui répondre :

— Regarde ! je parais éteint, je parais mort et pourtant je vis encore, aussi clair, aussi éblouissant malgré les vapeurs épaissies et l'horreur de la nuit.

— Ainsi la conscience dans la nuit des passions, se disait Niflo.

— Et Fifi, aussi, *vé*, il faut que je vous dise tout ! Fifi aussi est tournée contre vous ! Museau de belette, vous lui donneriez le bon Dieu sans confession. Cela ne l'empêche pas, à toute heure du jour,

de polissonner avec ce petit maquereau de Toni.
Ah! si vous n'étiez pas si aveuglé par ses câlineries, vous la verriez trafiquer! Dès que vous tournez
l'œil, vite dans le petit café avec ces garces! Si je
vous disais tout ce qui commence à remuer!... Pépino me tient au courant... Ah! brave Niflo! Surveillez-la! surveillez-la! Méchante petite! Un père
si bon!

Niflo, le foie remué, fixait Jacoumino avec une
expression d'épouvante :

— Comment? Que me dites-vous! Pas possible!
Fifi!

— Oui! oui! si vous ne vous méfiez pas, elle tour-
nera mal!

— Mais, Tata Pécaïré...

— Eh! Tata Pécaïré! Tata Pécaïré! Elle en est
coiffée autant que vous! Cela n'empêche pas qu'elle
s'en est aperçue, mais elle n'ose pas vous le dire.

— Pas possible! pas possible! De mauvaises
langues vous ont trompée!

Et, s'appuyant contre le parapet, il demanda
soudain, dans un revirement de pensée :

— Pépino? c'est peut-être Pépino qui fait des
tripotages? Que vous a-t-il dit? Que vous a-t-il
conté? Allons, va, Jacoumino, n'ayez pas peur, je
ne me fâcherai pas...

— *Te hé* Niflo! *Hóu* Niflo!... pleura une voix
faible à son côté.

Ils se retournèrent, lui et la Jacoumino, avec un
mouvement de peur.

Et ils virent quatre longs pantins, maigres comme

des épouvantails, les mains dans les poches et les uns derrière les autres, plantés, pliés en deux devant eux.

— *Hóu* Niflo ! répétait le premier d'une voix faible de poitrinaire, et ses genoux claquaient.

Dans l'ombre du crépuscule on ne pouvait pas distinguer qui ils étaient. Ils ressemblaient, avec leurs vêtements pendant en haillons, à des chauves-souris volant à la file.

— *Hóu* Niflo ! répéta le premier pour la troisième fois et ses malheureux camarades, en se traînant, firent cercle autour de lui.

La Jacoumino, qui s'était éloignée de quelques pas, restait plantée.

— *Hóu*, Niflo ! Vous ne me dites rien ! Vous êtes bien vous, cependant...

— Oui ! oui ! mais je ne vous remets pas... Il me semble... non, je ne vous remets pas !...

— Je sors de l'hôpital... voilà pourquoi... Chichourlo (1).

— Chichourlo ! par exemple ! Et qu'avez-vous eu ?

— A se revoir, *moussu* Niflo ! fit la Jacoumino en s'en allant, à se revoir !

Et son ombre se perdit dans l'obscurité.

Niflo, ennuyé de voir partir la Jacoumino et le cœur bouleversé, écoutait distraitement Chichourlo dont les camarades, à son côté, s'étaient assis sur le parapet.

(1) V. index.

Et Chichourlo avec son parler sanglotant lamentablement dévidait ses plaintes.

Il disait comment un beau matin, il s'était trouvé tout raide, sans pouvoir bouger, sur la paille de l'asile de nuit.

Sa voix rauque de poitrinaire avait des sifflements poignants et il s'arrêtait de temps à autre comme s'il perdait la respiration.

Ses camarades, accroupis, s'affalaient avec des repliements de membres rompus, les bras ballants, le menton touchant les genoux.

On sentait en eux une désespérance muette et, malgré ses pensées pesantes et sa distraction, Niflo en fut angoissé.

— Pauvre Chichourlo! Pauvre Chichourlo!.,. et il ne trouvait rien de plus à dire.

— Alors, depuis, je me traîne... je chique mon morceau à la Bouchée de pain, je couche à l'étable de la rue Trigance... Que voulez-vous y faire, Niflo? Maintenant, je ne suis plus bon à rien! Au plus je vais, au plus je me sens m'en aller...

La nuit semblait s'épaissir avec les râles de ces malheureux. Sans espoir, on sentait que c'était fini et bien fini pour eux. La nuit se faisait dans ces âmes flétries, une nuit sans étoiles, une fin de vie molle, efflanquée, sans un mouvement de désespoir.

Et, sur leurs têtes, le ciel s'assombrissait, allumant son infini d'étoiles palpitantes comme des yeux.

L'haleine fraîche de la mer soufflait sur ces pauvres résignés qui grelottaient.

Niflo se dressa sur ses jambes et descendit vers le port en écoutant Chichourlo ruminer ses plaintes.

Les camarades, ne bougeant pas les mains de leurs poches, se traînaient derrière eux. Ils lâchaient de temps en temps quelques mots attristés qui répondaient comme un écho à ces litanies de malheur.

Niflo, remué, ne savait que dire devant une telle douleur. Soucieux encore de ce que lui avait dit la Jacoumino, il se laissait gonfler par une tristesse navrante.

Ils finirent par ne plus parler.

Tête basse, en râclant des souliers, ils se glissaient à la file le long du port. Leurs respirations haletaient, leurs toux craquaient et les haillons qui couvraient mal leur nudité battaient avec un bruit de chiffons remués.

Tels que des fantômes, ils cheminaient, ils cheminaient.

Les bars, les guinguettes bondées leur jetaient au passage des jaillissements de clarté qui les faisaient cligner de l'œil ainsi que des oiseaux de nuit.

Ils se ramassaient, ils se faisaient petits, ils glissaient dans la cohue des matelots, des pêcheurs, des portefaix revenant du travail.

Et, devant eux, les lumières farandolaient et projetaient sur le sol mouillé des jets qu'on eût pris pour des vers luisants ou des feux grégeois.

Là-bas, là-bas, tout au fond, une brume lumi-

neuse indiquait la ville. On y devinait une illumination, une fête de clarté.

Des bateaux endormis de temps à autre s'élevaient des voix, des chansons, des bruits de musique.

Près du coin de Reboul la foule devenait plus
dense, mêlée de filles, de flâneurs et de soldats.

Près de l'Hôtel de Ville l'animation grandissait
encore...

Mais rien ne pouvait les détourner de leur crève-
cœur, et ils glissaient au travers des groupes
comme des ombres mélancoliques.

Niflo marchait devant, ne pensant plus qu'à Fifi.
Un doute, un pressentiment mauvais le rongeaient
et peu à peu il allongeait ses enjambées.

Les autres, derrière lui, sans pensées, la tête et
les entrailles vides, le suivaient avec une allure
chancelante, le suivaient machinalement, sans savoir pourquoi et, toujours, leurs respirations haletaient, leurs toux craquaient et leurs haillons battaient avec un bruit de chiffons remués.

Sur la place Gelu, le va et vient des gens, le sifflet
des omnibus, le bouillonnement de la foule ne leur
firent pas lever la tête.

Quelques gueux appelèrent Niflo en se retournant. Mais celui-ci n'entendait rien et, toujours
suivi de ses quatre ombres dépenaillées, il entra
dans la rue de la Mûre.

— Adieu, Niflo! râla Chichourlo dans un étouffement de voix.

Les autres, arrêtés, le fixaient bêtement.

11

— Adieu, Niflo !

Il se retourna et les regarda, distrait, encore tout troublé de Fifi et des pensées qui le déchiraient.

— Adieu ! dit-il.

Et tous quatre s'en allaient, les genoux fléchissant, la tête branlante, avec des râles de poitrinaires.

— Adieu !

En un éclair, comme s'il se réveillait, il eut devant lui cette vision de moribonds se traînant dans les rues toute la nuit, l'estomac vide.

Et le regard qu'ils lui avaient jeté ! leurs yeux si poignants de résignation !

— Ecoutez ! Ecoutez !... et, les appelant, il courut derrière eux et les prit par le bras ; écoutez ! Vous partez bien vite !... Chichourlo ! Depuis le temps que nous ne nous étions vus, se quitter ainsi !... Monte ! Montez avec moi dans ma chambre ! Nous causerons mieux, que diable ! Puis nous prendrons quelque chose.

Sans plus se faire prier ils le suivirent mollement, avec un murmure qui pouvait être des paroles ou des plaintes.

XII

FIFI

FIFI

A tâtons dans le couloir ils montèrent en se tenant à la corde qui servait de rampe.

— Fifi! éclaire-nous! cria Niflo.

Et voilà qu'un mouvement se fit soudainement dans l'escalier. Quelqu'un qui descendait rapidement les heurta en les poussant contre le mur, tandis qu'on entendait un autre pas plus léger monter.

— Qui va là?. Qui descend? *Hóu !* cria Niflo, plus fort! Fifi, éclaire-nous, te dis-je !

En haut, le grincement d'une porte qu'on ouvre, la clarté d'une veilleuse qui jaillit, et la voix de Tata Pécaïré disant ,

— Fifi, tu es là? C'est maintenant que tu arrives?...

La clarté de la veilleuse disparut et Niflo appela Fifi encore une fois.

— Voilà! pa! répondit la petite.

Et de nouveau la clarté jaillit dans l'escalier.

— Sainte-Vierge! clama Tata Pécaïré quand elle vit devant elle les quatre miséreux.

Mais Niflo, ouvrant sa chambre, allumait rapidement une lampe et les faisait entrer.

Puis, retournant au coin de Tata Pécaïré :

— Ecoutez! Allons! vite! vite! faites-moi une eau bouillie, n'importe quoi et allez me chercher du pain et du fromage pour tous tant que nous sommes, et n'oubliez pas le vin, non plus!

— Sainte Vierge! Mais qu'allez-vous faire? Quatre hommes à souper!

— Allons! zou! Tata Pécaïré! Ce n'est pas le moment de se fâcher! Faites vite!

Puis, se tournant vers Fifi :

— Comment, Fifi! Tu ne fais que d'arriver? C'est toi, alors, que nous avons entendue monter devant nous?

Il la regardait fixement, les sourcils froncés :

— Je voudrais bien savoir qui descendait si brutalement!

Fifi, se troublant de plus en plus, faisait semblant d'être occupée à se passer un tablier.

Niflo ne la quittait pas des yeux :

— C'est le Toni, n'est-ce pas, qui vous a mis en retard, mademoiselle?

Fifi, à ces mots, rougissant comme un coquelicot, lui tourna le dos sans répondre et fureta dans ses chiffons.

— Non! non! Tata Pécaïré! ne l'envoyez pas en

commission, faites-moi ce plaisir! Pour cette fois,
allez-y, vous... et laissez; il faut que je parle à
mademoiselle!

— Sainte Vierge! je ne vous ai jamais vu ainsi,
moussu Niflo! Vous la gronderez demain, Fifi, si
elle vous a fait quelque chose, mais pensez à ces
hommes qui sont là!

— Baste! Tata Pécaïré, faites ce que je vous
dis, et pas plus! *zou! zou!* dépêchez-vous, car ils
doivent avoir faim.

Et, la prenant par les épaules, doucement, doucement, il la poussait sur le palier.

— C'est bon! J'y vais!... Que sera tout cela,
Seigneur! disait la vieille fille en toussotant et
en descendant lentement.

— Fifi! regarde-moi bien en face!... là!... et si
tu aimes bien papa tu lui diras la vérité. Il te
pardonnera, va, il ne te grondera pas, ma belle!
Car ce n'est pas possible ce qu'on m'a dit de
toi...

Sa voix commençait à trembler d'émotion :

— *Vé!* Fifi, j'ai fait tout ce que j'ai pu pour toi
et je le ferai encore! S'il te manque quelque
chose, si tu as à te plaindre, dis-le. Mais, avant
tout, reste sage, bonne, honnête et ne me cache
rien, Fifi. Ah! je mourrais d'angoisse si c'était
vrai! Fifi, regarde-moi bien en face, comme cela,
tu m'aimes toujours?

— *Voui! eh! voui! Eh voui!* qu'est-ce qu'y a?
demanda Fifi d'un ton arrogant mêlé de crainte.

Depuis qu'elle allait en ville, elle affectait de

jargonner le français et en tirait vanité vis-à-vis
de son père adoptif.

— Ne prends pas cet air, Fifi, et réponds-moi!
reprit Niflo devenu sombre.

Il ne pouvait supporter qu'elle parlât français
avec ces façons évaporées.

— Réponds-moi! Est-il vrai que tu es tout le
temps à polissonner avec le petit Toni? On t'a
vue, on me l'a dit!... Dès que je tourne l'œil, mademoiselle s'en va au petit café, en face, voir ses
amies les putains!... Est-ce vrai? Réponds!

— *Moi! moi! C'est pas vrai! Dis, c'est pas vrai!
Qui l'a dit?*

On eût enflammé une allumette sur ses joues
et, mal assurée, se reculant jusqu'à toucher
l'évier dans le coin, elle répétait en frappant des
pieds :

— *C'est pas vrai! Qui l'a dit, ça?*

Mais ses yeux qui ne pouvaient se détacher du
regard de Niflo disaient honteusement le contraire.

— Qui me l'a dit? Quelqu'un qui le sait!... qui
t'a vue, méchante menteuse! Puis on le lit dans
tes yeux!.. Ah! Fifi! Fifi! Mauvaises fréquentations et libertinage! Le vice et la honte
sont à la porte qui te guettent!... Va, écoute
ton père, son expérience te gardera du mal!
Ah! tête folle! C'est si agréable de rire avec
les amies, et la vanité, la parure, le désir de
paraître... puis les mots doucereux murmurés
à l'oreille! Et vous mordez à l'hameçon! Ah!

Les mauvaises fréquentations! Les mauvaises fréquentations! Le saut est fait!... Vois, on te montre du doigt! on se détourne de toi! on te crache au visage!... et ton père meurt de honte!

— C'est pas vrai! c'est pas vrai! moi! qué qu'on vous a dit? répétait Fifi, frappant rageusement du poing sur l'évier, criant de plus en plus.

— Non? au moins, est-ce sûr? Ce n'est pas vrai, n'est-ce pas? Fifi, jure-moi que ce n'est pas vrai, qu'on m'a fait des contes! Va, tu as été si sage jusqu'à présent, n'est-ce pas? Ce sont des tripotages, tout cela!

Et Niflo, angoissé, un revirement s'opérant dans son trouble — son cœur aimant ne pouvait pas croire au mal — demandait, tremblant et lui ouvrant les bras :

— Allons, Fifi! embrasse-moi, viens! Ce n'est pas vrai, va! on m'a monté la tête!

Mais Fifi, arrogante et rageuse, continuait de crier sans écouter Niflo.

— C'est que, Fifi, ce serait ma mort de te savoir devenue une traînée, de voir périr ta belle âme d'ange! Fifi! si tu savais aussi ce que je souffre d'appréhensions pour toi! Le monde, vé! c'est l'épreuve de l'âme! Prends garde où tu poses le pied!... Tu n'as jamais pensé, Fifi, à l'avenir qui t'attend, un avenir de pauvreté, c'est vrai, mais un avenir d'honneur, d'amour, de repos dans la famille que tu te seras créée... Ah! Fifi, regarde les pauvres malheureuses tombées dans le

vice et dis-moi si cela ne te crève pas le cœur! Si
ce n'est pas la désolation de la malédiction! Chair
à plaisir, boue que chacun piétine, honte du
monde, vomissement public, comme elles paient
cette folie d'un jour! Ah! Fifi! Fifi!

Et Niflo s'avançait vers elle en lui ouvrant les
bras :

— *Non! Non! c'est pas vrai! c'est pas vrai! moi!
dis, moi! c'est pas vrai! méchant! qu'on a dit?* répétait obstinément Fifi avec l'exagération du men-
songe.

Elle se tournait contre le mur, en haussant les
épaules, certaine maintenant de l'emporter du
moment qu'elle entendait Niflo s'adoucir.

— Allons, Fifi, ne boude plus, regarde-moi...

— Alors! Vous ne l'avez pas trop grondée, au
moins, n'est-ce pas?... Allons, Fifi, ne fais pas la
mauvaise comme ça! Tu entends comme te parle
papa?

Et Tata Pécaïré, arrivant, déposait les provisions
sur la table.

Elle soufflait et ne pouvait retenir la toux qui
lui chatouillait la gorge.

— Ah! *zou!* Fifi, fais-moi *ba* et que tout soit fini!

En disant cela, Niflo la prit par les épaules.

Fifi, de plus en plus obstinée, se dégagea et vint
contre Tata Pécaïré, en criant, la figure bouleversée :

— *C'est pas vrai çà qu'on a dit! c'est pas vrai!
Vous croyez! Tata Péchère!*

Puis se tournant vers Niflo et le fixant tout à

coup, elle dit, rageuse, comme malgré elle, avec une voix changée :

— *Et puis! quand ça serait ! qu'est-ce qu'y aurait?*

Et *zou!* elle fondit en larmes.

— Oh! Fifi! mon Dieu ! s'écria la pauvre vieille, en la couvrant de ses mains comme pour la protéger, que viens-tu de dire?

Niflo, hors de lui :

— Comment? Qu'as-tu dit? Qu'as-tu dit? Répète-le !

Fifi pleurait à s'arracher les yeux. Elle criait avec des hoquets qui lui secouaient la poitrine.

— Qu'as-tu dit? Qu'as-tu dit? C'est vrai, alors? Ah! mauvaise! mauvaise! C'est vrai, alors? Menteuse! hypocrite! Qui sait! qui sait, alors, tout ce ce qu'il y a! Tu veux la suivre, la pente des putains! Et il faudra que j'aie honte de toi! Ah! je peux mourir! Que la terre me couvre!... Ah !

— Calmez-vous! calmez-vous! disait faiblement Tata Pécaïré en toussant.

Elle couvrait Fifi de son tablier et, de ses bras tremblants, la protégeait.

— *Hou* Niflo!... Excusez! .. Qu'est-ce qui arrive? fit Chichourlo en mettant le nez à la porte, j'ai entendu crier, pleurer et je me suis risqué à ouvrir... Excusez!

— Et vous, Tata Pécaïré, vous aussi vous le saviez et vous me cachiez tout!... Mais dans quel monde suis-je, alors?

Tata Pécaïré, les yeux noyés de larmes, trem-

blânte, essayait de parler sans y parvenir. Chaque
fois qu'elle ouvrait la bouche, sa toux la reprenait.

Chichourlo toucha Niflo du bras :

— Je ne vous avais jamais vu ainsi. Eh ! calmez-
vous, Niflo ! C'est cette enfant que vous grondez ?
Eh, mon Dieu ! une enfant !

Derrière lui ses trois camarades allongeaient
leur cou et leur faces maigres, moribondes regardaient par la porte entre-bâillée.

— Ah ! ça va bien ! ça va bien ! Nous reparlerons
de tout cela ! Il faut que je l'éclaircisse ! dit Niflo.

Puis, se tournant vers ces silhouettes de gueux
qui montraient le nez.

— *Zou !* Tata Pécaïré, préparez-nous vite quelque chose... Entrons dans la chambre, viens, va,
Chichourlo, ce n'est rien...

— A la bonne heure ! Nous nous disions : *que*
tonnerre arrive-t-il ? Puis, quand nous avons entendu pleurer, je n'y ai plus tenu... Alors, qu'est-
ce que c'est ? Elle n'est pas brave, la petite ?, demandait Chichourlo.

Droit au milieu de la chambre il avait l'air de
vouloir lui tirer les vers du nez.

Les trois autres, bestialement, se traînant pliés
en deux, étaient retournés s'asseoir sur les lits
dont les paillasses craquaient.

— Ah ! les *panturles* (1) ! les charognes !... je le
leur dirai !... grondait Niflo à voix haute, comme
s'il se répondait à lui-même.

(1) V. index.

En soulevant la mèche de la veilleuse on voyait ses mains trembler d'émotion.

— Alors, tu as toujours Fifi ? Sais-tu qu'elle s'est faite grande et belle? reprenait Chichourlo en s'asseyant sur le lit de Bachi à côté d'un camarade.

Mais Niflo ne répondit pas.

Tout en grommelant il allait et venait dans la mansarde, tirait les caisses, déplaçait les livres et faisait mine de chercher quelque chose.

Maintenant, Chichourlo se taisait.

Les bras ballants entre les genoux, il penchait la tête avec de gros bâillements baveux dans sa barbe touffue et, toujours, sa toux rauque finissait en sifflement.

Les autres, renversés, se tenaient les jambes, ou accoudés, écrasaient les couvertures de leurs corps. On les voyait, les yeux clignotants, la tête branlante. Ils paraissaient s'endormir doucement dans la chaleur étouffée et l'odeur d'enfermé de la chambre.

Niflo, au bout d'un moment de silence, pendant lequel il était resté immobile sur une chaise, perdu dans de tristes pensées, leva la tête et essaya de parler : personne ne lui répondit, les malheureux sommeillaient...

Alors, sur la pointe des pieds, il s'en alla vers Tata Pécaïré voir si le souper se préparait vite.

XIII

LE REPAS NOCTURNE

LE REPAS NOCTURNE

La veilleuse, dans la petite chambre mélanco‑
lique, allongeait sa flamme en fuseau et répandait
une vapeur jaunâtre. A sa clarté maladive tout
paraissait vaciller.

Les gueux, accroupis sur le lit, s'étaient serrés,
les uns sur les autres, stupides, sans veiller ni dor‑
mir, dans un écrasement de lassitude. Et leurs
grandes ombres montant lourdement le long du
mur venaient s'entasser sous les poutres.

Les caisses, les deux vieilles chaises dépaillées
chargées de linge et de vêtements paraissaient
avec leur masse noire de longs spectres qui se
seraient voilés.

Au-dessus de l'étagère, se détachant étrange‑
ment, l'image de la Sainte Vierge trouait le mur
de sa pâleur de morte.

Dans un nuage de fumée qui allait s'épaississant, la flamme mince comme un fuseau baissait et se carbonisait.

Les respirations des poitrinaires, plaintives, régulières, dans ce silence effrayant, marquaient le temps ainsi qu'un battant d'horloge.

Enfin, un remuement de chaises, un bruit de voix et de pas lourds ébranlant le plancher : c'était Niflo qui rentrait chargé de bancs et de longues planches pour faire une table.

Et, aussitôt, de tirer d'ici, de là, de rouler, de culbuter les caisses pour faire place.

Les gueux, à ce tapage, avaient remué en frottant leurs yeux ; ils avaient tourné la tête et ils regardaient sans plus penser, comme s'ils continuaient leurs rêves de néant, les yeux ouverts.

Chichourlo, clignotant, essayait de redresser ses jambes raidies et il disait, d'une voix pâteuse, en étouffant sa toux :

— Attendez ! attendez ! je vais vous aider !

Mais il demeurait le cul sur le lit, se tenant la poitrine des deux mains, car un spasme venait de le prendre.

Et ils regardaient stupidement Niflo qui suait à mettre les bancs d'aplomb ; la table, de guingois, se balançait comme une barque sur la mer.

Tout à coup les gueux frétillèrent, leurs narines frémirent et leurs yeux étincelèrent : Tata Pécaïré entrait portant un énorme plat qui sentait bon, une soupe géante.

On entendit des reniflements de gourmandise.

L'un, se frottait les mains; l'autre, les yeux fixes, entre-bâillant la bouche, allongeait le cou; celui-ci, à côté de Chichourle, riait comme un *fada*; et son camarade, derrière lui, lui pinçait le bras en lui faisant signe : fameux ! la main fermée et le pouce en l'air.

En un clin d'œil tous furent debout.

Fifi, derrière Tata Pécaïré, portait les assiettes et les verres. Ses yeux rouges et cernés étaient pleins de larmes et elle mettait la table d'un air rageur, en affectant de ne pas regarder Niflo.

Sans parler, comme éblouis, fascinés par la soupe fumante, avec des ronflements et des claquements joyeux, ils s'étaient mis à table avant que Fifi eût fini de mettre les verres en place.

Ils oubliaient tout : et Niflo qui les contemplait avec un sourire ému, et Tata Pécaïré qui s'en allait en joignant les mains et en branlant la tête, et Fifi qui, hargneuse, pleine de hauteur, les toisait avec mépris et prenait garde de ne pas les frôler.

Inclinés sur leurs assiettes, après s'être gloutonnement servis avant que Niflo eût seulement levé le bras, ils engloutissaient comme des meurt-de-faim, voilés de la fumée odorante de la soupe chaude.

Chichourle se sécha les babines :

— Cela vous va aux vingt ongles ! s'écria-t-il. *Té !* Niflo ! vous ne buvez que de l'eau ?

Les autres, se torchant les lèvres d'un revers de main, bâillaient, tête levée, étonnés, comme s'ils

avaient oublié où ils étaient et leurs yeux moribonds riaient.

Niflo, déboucha les bouteilles et les servit rasi-
bus.

Ce fut comme un coup de fouet sur ces corps
faméliques, des rougeurs de joie leur montèrent
tout à coup et des gestes du début, des cris dénués
de sens, des mots entrecoupés, ils en vinrent à
mieux lier leurs pensées, à dire des plaisanteries
de malades.

S'arrêtant de temps à autre, ils levaient leurs
museaux de leurs assiettes pour tousser, pour cra-
cher ou pour se presser la poitrine.

L'un d'eux, le plus maigre, si maigre qu'on aurait vu le jour au travers de son corps, serrait fié-
vreusement la main de Niflo et, tout en avalant
malproprement sa soupe, il le fixait d'un œil vide
et riait comme un *fada*, lâchant des rots qui lui
déchiraient le gosier.

Ses camarades, la bouche baveuse, achevaient
de râcler leurs assiettes et reluquaient d'un air
gourmand le pain et le fromage.

Pendant ce temps, Chichourlo se passait câli-
nement la main sur le ventre et il ne trouvait rien
autre à dire que :

— *Chala! flame!* quel régal! *osco!*

Niflo, heureux, les yeux humides, les regardait.
Son émotion l'empêchait de parler. Il était étonné
de cette joie qui débordait en singeries fantasques.

Les bouteilles se vidaient. Boire et s'empiffrer
devenait une folie.

Ils s'étaient grisés dès le premier verre : pauvres carcasses à jeun, une simple fumée les eût enivrés.

Ils buvaient en jouant comme des enfants, comme de tout petits enfants. Ils se frappaient sur l'épaule de temps à autre, ils tiraillaient Niflo, le pinçaient et lui riaient avec des yeux brillants.

En vain celui-ci leur avait-il tenu le langage du bon sens, et recommandé de ne pas trop se gaver : ils ne l'écoutaient pas ou ne le comprenaient pas.

Chichourlo, seul, se tenait mieux. Mais, la seconde bouteille écoulée, il perdit la tête comme les autres.

Dans leurs plaisanteries puériles, des mots tristes, des allusions à leur existence de malheur retentissaient comme des glas de cloches au soleil.

Vautrés, les coudes allongés sur la table, serrant l'assiette entre leurs bras, ils bâfraient, bavardaient, bavaient.

Tout s'en allait à la dérive.

Niflo, renversé sur sa chaise, ne pouvait se faire entendre. Effrayé de ce débordement bestial de faim canine, il les observait, les yeux mouillés. Un sourire de compassion plissait ses lèvres et il ruminait silencieusement ses pensées en reniflant.

La veilleuse n'avait presque plus d'huile, et sa flamme allongée vacillait, fusant en une nuée jaune et puante.

Maintenant les miséreux avec d'étranges grimaces se renversaient sur la table. Ils braillaient, les gestes anguleux et la tête pendante.

Deux s'étaient couchés l'un sur l'autre et ils s'embrassaient en pleurant.

Chichourlo tenait son voisin par le cou et lui chantait d'une voix éteinte et fausse :

Mourbidu Marioun...

Mais, de temps à autre, sa tête chancelait et il vint, le museau premier, baiser la table.

On n'entendit plus qu'un ronflement de voix avinées, le sanglotement maladif des deux camarades enlacés, puis, de loin en loin, un geste, un coup de poing ébranlant la table...

Et la veilleuse à la mèche carbonisée s'éteignit en répandant une pénombre brumeuse sur des ombres accroupies...

XIV

LE CHARIVARI

LE CHARIVARI

Depuis un moment un bruit de voix allait croissant : la voix fraîche, devenue hardie et volontaire
de Fifi, et la voix tremblante et bonasse de Tata
Pécaïré.

Elles semblaient se disputer. Quand les pauvres
ivrognes se taisaient, on en distinguait les paroles.

Niflo, moitié rêvant, moitié écoutant, ne voyait
pas la lampe qui mourait et ne prêtait qu'une
attention distraite.

— Ah ! Fifi ! Fifi ! disait la voix de Tata Pécaïré,
tu es folle de parler ainsi !

— *C'est pas une vie çà ! non, Tata Pécaïré, es pas
uno vido aco ! et vé ! ça finira mal !* répondait la
voix aigrie de Fifi.

Niflo, un frisson le parcourant de la tête aux
pieds, hocha tristement la tête :

12

— Oh mon Dieu ! mon Dieu ! encore Fifi !

— *Voui ! ça finira mal ! que je vous dis ! tout à l'heure ze poudrai plus faire un pas sans m'entendre crider ! et puis, toujours des malapia ! et rien que de la pauriho ! Je finis par en avoir honte, moi !... Qu'estque je peux devenir si ça continue !... On m'appelle bien assez la petite des mendiants ! la madone des ladres ! Buai ! té !* Il me semble que j'ai des poux !

Et la voix de Fifi poursuivait, mauvaise, acérée, hargneuse, empêchant Tata Pécaïré de parler.

> *Mounte èves, tu, quand ti créidavi !*
> *Mourbiéu ! Marioun* (1).

C'était Chichourlo, qui chantonnait en tournant sa tête lourde tombée sur la table.

Ses bras d'épouvantail s'agitèrent dans le vide. Il remua sa grosse tête embroussaillée et balaya de sa barbe le bois mouillé de vin. Puis sa chanson s'éteignit dans un hoquet d'ivrogne...

Les autres, mollement, avaient bougé. Le menton dans les mains ils regardaient devant eux, comme des mulets au ratelier, ou ils se cachaient le museau dans leurs manches crasseuses.

De l'autre côté on entendait toujours Fifi dévidant son écheveau maudit, interrompue par les exclamations et les quintes de toux de Tata Pécaïré, qu'on sentait pleine d'émotion, car il y avait des larmes dans sa voix.

Niflo, lui, semblait mort.

(1) V. index.

Cloué sur sa chaise, un découragement horrible
le prenait. Chaque parole de Fifi était un couteau
lui dépeçant le cœur. Il sentait en lui une agonie,
un déchirement de l'âme.

Sa vie, maintenant, lui apparaissait vide, inutile.

L'amour qu'il avait pour cette petite le mordait
tellement qu'il se prenait à lui donner raison, à
dire comme elle, la pauvre, que cela ne pouvait pas
durer, qu'il était réellement, lui, le bourreau de
cette belle âme d'enfant !

A un autre moment, une réaction se faisait. Il
se représentait en pensée tout ce que la Jacoumino lui avait dit et il se rappelait mille petites
choses qui le faisaient frémir...

Et devant ses yeux les quatre gueux avinés se
vautraient bestialement, bavant et vomissant,
ombres affreuses dans la nuit croissante de la veilleuse agonisante.

— Mais ton père, Fifi ! Tu n'y penses pas ! ton
père ! Alors ?

— *Eh ! papa ! papa ! quet rené* (1) *C'est pas mon
père, puis, ce Niflo ! Vous me croyez bien fadade !
vous aussi !*

Niflo poussa un gémissement affreux. Un froid
mortel, comme si on lui eût arraché l'âme, lui
perça les moelles. Ses yeux débordants de larmes
ruisselèrent soudain comme des fontaines.

Quelle angoisse ! sa vie s'engloutissait !

(1) V. index.

Devant lui, derrière lui, rien, rien que le malheur! Dans cette désespérance il eut une peur folle de vivre, la peur de ce maléfice qui l'avait sali et qui le vouait à tous les ridicules.

Il se prit à douter du bien et il eut un dégoût immense, profond, dégoût à en crever.

Des vomissements, des reniflements, des bruits de corps qui se traînent et de paillasse écrasée se firent entendre dans la nuit.

Un frisson le fit trembler et, les yeux égarés, fixant l'obscurité, Niflo se leva.

Il croyait rêver. Au travers de ses larmes il regarda la mèche de la veilleuse encore rougeoyante. En chancelant il s'en approcha, les jambes rompues, avec des soupirs d'angoisse pour rallumer la lumière, car des bruits étranges s'élevaient comme si les gueux se battaient au milieu de la chambre.

D'une main fiévreuse il enflamma une allumette. Il vit alors un spectacle à soulever le cœur:

Chichourlo, au milieu, se roulait par terre dans son vomissement et sa main tenait encore une bouteille vide. Ses camarades, tout imprégnés de vin et salissant les couvertures, s'étaient affalés comme des porcs sur le lit et dans leur saoulerie ils vomissaient les uns sur les autres. Et c'était une odeur d'immondices, un parfum de porcherie.

Niflo, les yeux en pleurs, la face crispée, se détourna. Il paraissait fou. Marchant comme un somnambule, l'aspect effrayant, il sortit vivement, la veilleuse à la main...

— Je m'en vais! Tata Pécaïré!... je m'en vais!

Tout son corps tremblait, le pauvre! Il parlait d'une voix brisée, la tête tournée, sans oser regarder Fifi.

— Oh! Niflo! Niflo!... soupirait Tata Pécaïré, suffoquée d'émotion... qu'avez-vous?... Qu'avez-vous?... où allez-vous?..

— Je m'en vais!...

On eût juré qu'il allait défaillir.

— Je m'en vais!

Des larmes, lentement, lentement, roulaient le long de son nez.

Tata Pécaïré l'avait pris par le bras, mais lui, l'écartant, s'avança vers Fifi immobile d'étonnement, et lui cria soudain avec une expression extraordinaire, et sans la regarder :

— Ah! Fifi! Fifi!...

Il n'en put dire davantage.

Tata Pécaïré était tombée sur une chaise et d'une voix mourante qu'on entendait à peine disait :

— Ah! méchante! méchante!... tu veux le tuer, ton père!... Il t'a entendue! Il t'a entendue, Fifi!

Levant la tête, elle vit Niflo descendre rapidement l'escalier en sanglotant :

— Elle a raison... je ne suis pas son père!.. Non! je ne suis pas son père!

— C'est vous, Niflo? Garez-vous! lui cria-t-on du premier comme il passait. Marrid-Ferri, Bedoulo, toute la bande vont vous faire le charivari!

Niflo, sans répondre, continuait à descendre en se tenant à la corde.

12.

Tout à coup éclata une tempête de cris, une musique sauvage, enragée, un charivari de chaudrons, de marmites, de poêles, de pots, un carillon de verres brisés, de clochettes et de sonnailles, de *diables* battus, de cliquettes en morceaux d'assiettes, de clameurs, de sons perçants, de sifflets, de hurlements, de ronflements, de claquements de mains.

L'as pa'nca proun bcisado
Li fau mai retourna! (1)

braillait-on en dansant en rond.

Et toutes les commères, tous les souteneurs, toute l'ordure du quartier, criaient :

A la corno au cuou!

Et zou! de nouveau, le chœur infernal, sonnant, frappant, hurlant...

Niflo, tête perdue, tomba comme un fou dans cette foule endiablée et, avec une vigueur incroyable, *té tu, té iéu*, bousculant, frappant, culbutant tout ce qui se trouvait sous lui, il s'enfuit rapidement.

Les *estraio-braso*, d'abord surpris, l'eurent vite reconnu et *zou!* de courir après lui, frappant de plus belle sur leurs chaudrons, leurs verres brisés, leurs cliquettes, leurs marmites... La marmaille hurlait, les femmes poussaient des cris stridents, les ordures des ruisseaux lui sifflaient aux oreilles.

(1) V. index.

Et zou ! de courir, de courir, et de se sauver !

Mais, on n'entend plus rien...

Allons, arrête-toi, pauvre Niflo !

Où es-tu, maintenant ? Par où as-tu passé ?

La lune, sur la petite place tranquille des Moulins, répand sa lueur argentée comme un baiser amoureux. La fontaine chante, les arbres bruissent mystérieusement au vent frais. On dirait un village endormi dans la paix des belles nuits d'été.

Niflo s'est arrêté là. Il reprend haleine, le pauvre, assis sur un banc du petit jardin. Dans sa course désordonnée il a perdu son chapeau...

Oh ! comme il sent battre son cœur au silence apaisant de la nuit !...

Quelle belle nuit !...

Au ciel, blanc comme du lait, les papillons d'or des étoiles ont l'air de lui sourire et la fée des songes, la lune candide, dévide mystérieusement ses rayons pleins de fantômes à travers les branches des arbres.

Niflo s'allonge sur le dos, et, fixant l'infini étoilé, de son cœur déchiré d'émotion, du trouble mortel qui l'étreint, une prière monte au ciel comme un parfum...

Une paix, une sérénité du bon Dieu, pendant ce temps, descendent des profondeurs du ciel et, doucement, bien doucement, il s'endort...

XV

LE RETOUR DE BACHI

LE RETOUR DE BACHI

Comme une bête dans sa cage, Bachi marchait de long en large.

Il expectorait des gros mots, tournait la tête de tous côtés, puis s'arrêtait, haussait les épaules, serrait les poings et reprenait sa marche rageuse en frappant des pieds.

Parfois il venait au coin de la cheminée, fouillait dans un tas de caissettes et de boîtes, soucieux comme si on lui eût volé quelque chose et, de nouveau, sacrant comme un charretier, il recommençait de long en large ses allées et venues.

— Ah! vous êtes là, *champornio!* Vous êtes là, *sambucco! Oh! jan-bendoun! Christo Dio! E que cosa? et que è?* s'écria-t-il en voyant venir Niflo.

Tragiquement, il lui montrait le lit éventré, les couvertures souillées, le plancher pareil à celui

d'une porcherie, les bouteilles brisées et les bancs
renversés.

— *Que cosa, aloura?* demanda-t-il encore en se
croisant les bras.

Niflo, la figure à l'envers, les yeux cernés, pâle
comme un revenant, les épaules hautes, comme si
dans une seule nuit il avait vieilli, murmura d'une
voix rauque :

— Les malheureux, pécaïré ! Fallait-il les laisser coucher à la rue?... Ah ! si vous aviez vu ! ..
comme ils avaient faim !

Il regardait Bachi d'un œil attristé, fiévreux.

— Je sais ! Je sais ! Tata Pécaïré me l'a dit ! *Aloura*,
vous en faites un asile de nuit quand je n'y suis
pas ? Pas assez de les nourrir, vous les faites coucher encore ?

En disant cela Bachi retenait sa colère, mais ses
petits yeux pétillaient et il serrait les mains sur ses
bras croisés.

— Ah ! les malheureux ! les malheureux ! répétait Niflo comme s'il eût pensé à autre chose.

Puis, n'y tenant plus :

— Vous n'avez pas vu Fifi ?

— Eh, Fifi ! *sambucco !* Il est bien question de
Fifi à cette heure ! Je vous demande *que cosa è
questo !* Que veut dire cette saleté ? Ce n'est pas
assez de me mettre au pillage, vous me prenez *pèr
un couioune ! aloura ! io ?*

La colère lui échappait.

Devenu furieux et se montant la tête, il arpen-
tait la chambre, se grattait les cheveux, prenait

son chapeau, le rejetait en arrière, le tournait, le
détournait, et, finalement, le lançait par terre.

Il parlait, parlait avec volubilité, sans prendre
haleine, comme s'il eût craint de ne pouvoir tout
dire :

Lui, Bachi, qui avait toujours fait honneur à
ses affaires, si bien vu partout, lui qui n'avait jamais eu d'histoires, qu'on respectait en quelque
endroit qu'il se trouvât, voilà que, depuis que ce
sambucco était avec lui, depuis qu'il s'était mis ses
idées de toqué dans la tête, on le regardait d'un
mauvais œil, son travail diminuait, les pratiques le
lâchaient, il s'endettait et partout on se moquait
de lui ! C'était une chose sans nom ! une abomination ! Son magasin à présent était devenu la cour
des miracles ! Lui, Bachi, fréquenter des mendiants ! Nourrir des fainéants ! Perdre sa réputation ! Tout ça pour ce Niflo de malheur, ce *jan-
bendoun !*... Ah ! il avait bien raison, le gros Pìpa,
quand il lui conseillait de vivre seul !...

— Je m'en irai ! je m'en irai ! allez ! disait Niflo
qui restait impassible et sans broncher devant ces
ruades. Ne vous tourmentez pas, Bachi. Nous nous
sommes trompés tous les deux, à ce que je vois.
La terre est assez grande, vous n'entendrez plus
parler de moi et tout sera fini !

— Oui ! et *presto ancoura! prestissimo!* Que je ne
vous voie plus ! Vous irez coucher sur la paille
avec vos ladres, avec vos pouilleux, si vous voulez ! *Ma vé!* allez-vous-en vite !

Il recommença à dévider son écheveau, se rappe-

lant ses mésaventures depuis le commencement de
cette sorcellerie, comme il l'appelait.

Niflo écoutait dans une stupeur de *fada*.

Dans le bavardage emporté de Bachi on devinait
l'abandon des associés, le père Soler en tête. C'é-
tait un coup monté et ils n'attendaient qu'une occasion pour le lâcher.

Ces choses, qui jadis l'auraient blessé jusqu'aux
moelles, glissaient maintenant sur une douleur
plus poignante. Rien ne pouvait plus l'émouvoir !
A quoi bon chercher à faire le bien !...

— Eh ! *sambucco !* acheva Bachi en fournissant
sans le vouloir une conclusion aux pensées de Niflo,
eh ! *sambucco ! la prima carita per sì stesso... e poi...*

Mais Niflo, secouant ses pensées découragées,
retrouva sa vigueur et dit avec de l'amertume dans
la voix :

— Ah ! l'égoïsme ! comme il reprend vite le dessus ! Comme subtilement il sait effacer tout le bon
et rendre ridicule tout sentiment d'amour entre
pareils ! Vous regrettez déjà le peu de bien que
vous avez fait, les quelques journées où votre
cœur s'est épanoui ! Ah ! Bachi ! Bachi ! J'aurais dû
m'y attendre ! Vous êtes trop faible pour lutter
contre la moquerie, et plus encore contre vos
vices...

— Ta ! ta ! ta ! *basta ! bastanza, vi dico !* Vous
allez encore me faire des sermons ? Je n'y mords
plus ! je n'en veux plus ! grommela Bachi.

Et il se remit de plus belle à marcher comme un
ou à travers la chambre.

D'un coup de pied il renversa une chaise et il reprit avec une recrudescence de colère :

— Vous vous en allez, vous ! Vous n'y perdez rien ! *Christo Dio ! Ma io ! io ! que sono divenuto lou boufouné de la carriera !* Si je vous faisais payer...

Il vint vers Niflo, les poings tendus.

— Eh bien, soit, Bachi, tout ce que vous voudrez...

Niflo était si résigné, si triste, plus pâle qu'un ecce-homo, en disant cela, son expression si découragée, que Bachi, impressionné, tourna la tête et reprit sa marche rageuse de long en large, de la porte à la fenêtre et de la fenêtre à la porte.

Il se parlait à lui-même avec des exclamations :

— *Qunta cosa !* Ah ! le père Soler avait raison !... non ! non !... C'est fini ! fini !... Foutez-moi le camp ! acheva-t-il en criant sauvagement et s'arrêtant tout d'une pièce.

Mais Niflo, sur le palier, frappait à la porte de Tata Pécaïré.

La pauvre vieille n'y était pas, Fifi non plus. Et, dans sa préoccupation n'ayant pas entendu les dernières paroles de Bachi, Niflo revint devant la chambre et demanda :

— Fifi ? Vous ne l'avez pas vue ? et Tata Pécaïré ?

— Ah ! oui ! Fifi ! répliqua méchamment le peintre, enlevée avec les *malapia* de cette nuit ! *Putana !* Elle ne peut faire que la *putana* avec votre vie de ladre !

Niflo, chancelant d'émotion, s'appuya au cham-

branle de la porte et des larmes perlèrent à ses
paupières :

— Je suis à plaindre ! Je suis bien à plaindre,
Bachi !... et les sanglots étranglaient sa voix. Si
vous saviez !...

Il n'en pouvait dire davantage, le malheureux,
tant il était angoissé.

Bachi, bonasse mais obstinément rageur comme
les gens faibles, avait eu la tête montée par ses
amis de buvette, surtout depuis le dernier scandale, et il n'attendait qu'une occasion pour oser
mettre Niflo à la porte.

Et voici qu'ayant terminé son travail à Saint-
Henry, il retournait chez lui précisément le lende-
main du jour où Niflo avait donné asile à Chichourlo et à ses amis.

Ce fut la goutte qui fait verser la cruche.

Et Niflo lui tombait aussi précisément devant !

Mais, à le voir maintenant affaissé contre la porte,
les yeux fixes et noyés de pleurs, à le voir ainsi
voûté, maigre, les traits chavirés, il sentit toute sa
colère s'évanouir, et une pitié subite le saisit...

Il s'avança... Une honte qu'il ne s'expliqua pas
lui ferma la bouche comme il allait parler et, embarrassé, ne sachant que faire, pris de remords
devant cet éclat de douleur, il descendit l'escalier
en haussant les épaules et en marmottant :

— Il est toqué ! Il est toqué, le pauvre !

La tête perdue, le cœur tourné, Niflo, enfin, revint à lui.

Une rage fiévreuse de s'en aller le saisit et, en

un clin d'œil tout fut ramassé, empaqueté dans de vieux sacs, enfermé dans la malle fendue, son meuble unique.

Avec une impatience qui lui faisait déchirer les couvertures, arracher les attaches, lacérer les vêtements, Niflo se préparait farouchement.

Une exaltation intense le brûlait après sa défaillance et sa mélancolie.

Éveillé dès l'aube sur son banc de la place des Moulins, il s'était enlevé la chassie des yeux à la fontaine et, encore bouleversé, n'osant pas rentrer, il s'était acheminé vers Saint-Lazare à travers les vieux quartiers.

Là-bas, le chiffonnier avec son calme et sa bonté, bien qu'il ne fût jamais de son avis, lui remonterait peut-être un peu le cœur, le conseillerait, le pauvre ! Car du groupe crapuleux qui l'entourait, ce brave vieux était le seul qui fût franc et de bon conseil. Puis, aussi, il verrait la Barrouga.

Une envie folle d'épancher le bouillonnement de son chagrin l'avait saisi.

Le vieux chiffonnier, Giobatta, comme on l'appelait, l'avait effectivement calmé, lui avait mis du baume dans l'âme en lui disant qu'il ne fallait rien prendre au pire, que tout cela n'était que commérage, envie, méchanceté.

Il prévoyait assez que cela ne durerait pas :

— Vous êtes au milieu de sales bougres qui ne valent pas un foutre ! Méfiez-vous ! et d'abord, vous savez bien que de tout temps la rue de la Mûre a été un repaire de gibiers de potence.

Puis, avec quelle bonté lui avait-il offert sa barraque, en prévision de nouveaux malheurs !

La Barrouga, passant à ce moment devant la
porte, l'avait fait tressaillir.

La franchise de Giobatta, son amitié, le bon air
de cet intérieur avaient bercé et calmé sa douleur.

Il avait eu tort, à cette maudite soirée de la
veille, d'écouter et de croire la Jacoumino. Fifi,
sûrement, était toujours sage. Il regrettait de l'a-
voir grondée. Comme il se le ferait pardonner !
Comme il allait l'embrasser ! Cela, certes, n'arriverait plus !...

Mais pourtant, il ne rêvait pas ! Il l'avait bien
entendue dire — et de quel ton ! — qu'il n'était
pas son père ! Alors ?...

Et son cœur était déchiré...

Ainsi, bourrelé de doutes, impatient, il avait à
peine fini d'avaler la tasse de café que Giobatta
venait de préparer, qu'il s'en était allé rapidement,
comme un fantôme, la face changée et vieillie.

Et voici qu'après la sortie de Bachi son trouble
le reprenait ! Le voici de nouveau à la porte de la
maison ! Quelle providence que Giobatta ! Non,
pour sûr, il ne resterait pas une minute de plus
avec cet ivrogne craintif et faible comme une
femme !

Il s'exaltait, de plus en plus nerveux, tout en
finissant de ramasser ses guenilles.

XVI

LE DÉPART

LE DÉPART

En bas, Bachi, sur la porte du magasin, causait avec le gros Pipa.

Un groupe de voisins s'était formé devant lui et ils riaient du charivari de la veille, ils se racontaient les scènes du coucher donné aux gueux.

— Il est fou ! disaient-ils, pas possible !

— *Qué?* Bachichin ! alors? ce n'est pas une vie çà ! est-ce que ça durera ?

Et, en les mêlant de saletés, ils inventaient mille choses qui avaient dû se passer.

La mamelue, dépoitraillée, avec encore de la cire aux yeux, se mit au milieu et raconta en haussant la voix pour être mieux entendue de tous que Tata Pécaïré couchait avec Niflo et qu'elle servait d'entremetteuse à Fifi.

13.

—Ah ! la pauvre petite ! acheva-t-elle, c'est encore elle, là-dedans, qui est le plus à plaindre !

Hypocritement, elle ajouta :

— Çà finira mal, allez !

D'autres, des commères du premier, contaient heure par heure ce que Niflo avait fait depuis qu'il était seul.

Se coupant la parole, voulant toutes parler à la fois, elles entouraient Bachi.

— *Ben vai !* disait l'une, il était assez souvent là-haut !...

— Ma belle ! disait une autre, tu ne vois pas comme, depuis, Tata Pécaïré, s'est mise en toilette, madame !

— Ce n'est pas encore fini ! *zou !* le charivari ! il faut que nous les fassions décamper !

— C'est une honte pour le quartier ! répétait la mamelue.

Tous ces cancans, comme un vol de hannetons, résonnaient et bruissaient dans l'escalier pendant que Niflo, sa malle sur le dos, descendait, plié en deux.

Dès qu'on le vit, tout le monde se tut.

Bachi fit, étonné :

— *Ecco mounssu Niflo ! que ?*

Mais celui-ci, sans répondre, se fit faire place, puis, écartant Bachi de la porte du magasin, il entra et posa sa malle dans un coin.

— Ce n'est pas trop tôt, maître Bachi, vous allez être débarrassé de moi.

Il levait la tête vers la soupente où couchait Fifi.

— *Ma! momento! noun si pode parti ansin ! ma ! Niflo! ascoultate!*

Il le retenait par la veste pendant que, dressant l'échelle, il allait monter sur la soupente.

— Écoutez!... Nous ne sommes pas fâchés!... Si vite!... Puis, nous avons des comptes à régler !...

Mais Niflo était déjà là-haut, courbé en deux pour ne pas se heurter aux poutres et il commençait à faire des paquets.

Les commères s'étaient mises à la file devant le magasin. Les voisins regardaient sur la pointe des pieds pour mieux voir ce qui se passait et, à voix basse, ils faisaient leurs réflexions.

Bachi, voyant qu'il ne pouvait causer avec Niflo, se tournait vers cette troupe de curieux et remuait la tête en se touchant le front et en tournant la main comme pour dire :

— Il est toqué!

Puis, haussant les épaules, clignant des yeux, il avait l'air d'ajouter :

— *Pécaïré !...* Qu'y faire ?

Il se mit à nettoyer son marbre comme pour broyer des couleurs, mais, maladroit, distrait, il frottait et séchait, séchait et frottait, en tournant la tête pour regarder Niflo qui trafiquait là-haut.

Puis il répandait sa couleur et ne retrouvait plus sa molette.

C'est lui, vraiment, qui semblait fou.

Il ressentait un serrement de cœur, une douleur lancinante : les larmes de Niflo avaient fait tomber sa colère comme un aïoli et tout le bon de sa nature reprenait le dessus.

Il se rappelait ses paroles, il se disait qu'il avait été trop vif, il devinait que quelque autre chose s'était passée et, d'une voix légèrement tremblante, il lui disait de temps à autre :

— *Eh ! basta !* Pourquoi vous en aller ? Je vous ai fait de la peine ? Ce n'est rien, Niflo, ce n'est rien !... Eh ! vous avez le temps !... *Té !* Niflo, *hou !* venez, nous allons prendre un verre et tout sera fini !

Les commères et les voisins, n'apercevant plus Niflo et voyant Bachi préparer son travail, s'étaient éloignés peu à peu. Mais ils montraient encore le nez au milieu de la rue ou à l'entrée de leurs couloirs. Tout à coup ils se rapprochèrent les uns des autres et, un doigt sur la bouche, se montrèrent du coin de l'œil Tata Pécaïré qui descendait lentement, venant de la Grand'Rue.

Ils la déshabillaient de la tête aux pieds, comme jaloux, et leurs regards ne la quittaient pas.

— O ma belle ! cria une femme à sa voisine quand Tata Pécaïré fut près d'elle, ô ma belle, qui m'aurait dit que notre Mûre deviendrait un bordel !

Les autres, par derrière, lui montraient les cornes.

Pipa, devant ce remue-ménage, du fond de sa boutique se frottait silencieusement les mains.

La pauvre Tata Pécaïré longeait les maisons.

Dès que, par le vitrage, il aperçut sa silhouette, Bachi se pencha :

— *Que cosa !* Tata Pécaïré ! *monnssu* Niflo qui veut s'en aller !

— Il est là ?... Il est là ?...

Et elle entra dans le magasin aussi vivement que lui permettait sa démarche vacillante de vieille.

Niflo, à ce moment, descendait de l'échelle avec un paquet de couvertures sur la tête.

— Alors ? Vous êtes là, monsieur Niflo !

— Ah ! Tata Pécaïré ! dit celui-ci en se retournant à sa voix... Et Fifi ? où est-elle ?

— Eh ! pardi ! au travail ! Comme vous m'avez fait peur hier au soir, monsieur Niflo ! vous sembliez fou !... Où avez-vous passé la nuit ? Sainte Vierge ! quel air vous avez !

Et la pauvre vieille, bouche ouverte, le regardait avec stupeur car ses yeux rouges et cernés d'avoir pleuré se creusaient fiévreux dans un visage de cire.

— Ah ! cette Fifi ! cette Fifi !

Son regard questionnait. Il était debout, tout tremblant :

— Cette Fifi ! S'il est possible, Tata Pécaïré !

— C'est une enfant ! Vous l'aviez trop grondée ! Elle a dit cela étourdîment ! Il ne faut pas lui en vouloir ! Puis, si vous aviez vu comme elle a pleuré quand vous avez été parti !

— Comment ? comment ? *que è stato ?*... Fifi ?... demandait Bachi, intrigué.

Comme on ne lui répondait pas, Tata Pécaïré continuant d'excuser la petite, il répéta ses questions avec plus d'insistance, en ajoutant :

— *Que è? Fifi con Toni, peut-être ?*

— Vous le voyez ! Bachi le sait également ! c'est
vrai alors ? c'est bien vrai ! s'écria Niflo avec un
retour de douleur.

— *Como ! como ! que vi pren ? Perqué ?*

Et Bachi, naïvement, se tournait vers Tata Pécaïré qui, touchée au cœur, s'était reculée contre
la porte.

— Oui ! Bachi ! Tata Pécaïré ! tous tant que vous
êtes ! vous me trompez alors ! et vous lui faites la
main à cette drôlesse !

— *Ma !*...

— Oui ! vous lui faites la main ! puisque vous
connaissez ses manigances et que vous me les
cachez !... Mais... mais, je m'en vais !... *Té !*... je
m'en vais !... C'est fini avec vous !... Ah ! je ne
suis pas son père ! non, je ne suis pas son père ! Que
lui dirai-je ? que lui ferai-je ?... Ah ! pauvre, pauvre
âme d'enfant !

— Eh ! *sambucco ! sambucco ! que vi dico !* Si vous
n'aviez pas l'esprit à l'envers avec vos idées de
soucialista, de *soucieta,* de *religione* et de *tanta
bestigia,* vous auriez vu...

— Calmez-vous ! Allons, raisonnez un peu !
moussu Niflo, interrompit la vieille.

— Vous auriez vu la comédie de la fillette, tête
folle que vous êtes ! *E moussa ! poi ! que cosa è ?*
Une petite avec un petit ? La belle affaire ! et laissez
aller ! et laissez faire !

Avec des gesticulations de pantin, il se tournait
vers le dehors d'où s'élevait un bourdonnement

de voix confuses : c'étaient les voisins qui regardaient de leur mieux et qui, de plus en plus curieux, se collaient aux vitres.

Les commères, plus hardies, entassées même devant la porte, s'écrasaient pour mieux entendre :

— *Ah! bella jioventù! quel sambucco !* répétait Bachi en haussant les épaules et en s'adressant aux curieux.

— Bachi a raison, soupirait Tata Pécaïré, si vous n'étiez pas entiché de vos rêveries, vous vous en seriez avisé plus tôt... Mais que vouliez-vous que je vous dise, monsieur Niflo ? Vous ne m'auriez pas crue et puis je ne l'aurais jamais osé. C'est que, *vé,* je me suis attachée à cette enfant et je fais tout ce que je peux... Elle a du vice, allez, pourquoi le cacher maintenant ? Mais c'est de l'enfantillage... cela lui passera... Il vaut mieux la prendre par la douceur.

Niflo, fiévreux, n'écoutait plus.

Ses mains tremblaient en enfermant ses outils dans l'établi. Des larmes lui perlaient. Il marmottait :

— Qui sait de quel sang elle est ? d'ivrognes, peut-être, de gens de rien, et elle en a le mal dans la moelle des os. C'est bien comme dit Giobatta : les vices des parents coulent dans les veines des enfants. Ah ! je te crois que je ne suis pas son père !... Pourtant... non... je ne peux pas l'abandonner... je dois la sauver...

— Tata Pécaïré ! fit-il à haute voix.

De la rue le tumulte grandissait.

Bachi, sur la porte du magasin, faisait le pître
en parlant aux femmes. Faible et mou, et croyant
effacer la mauvaise impression de son scandale de
l'autre soir il se moquait de Niflo. Il avait honte
de ce dernier, maintenant qu'il les voyait tous se
tourner contre lui et il se montait la tête :

— Ce *sambucco !* disait-il, *è brava ! è brava! ma
un poco briga !*

Autour de lui on riait :

— Eh ! il s'explique avec sa belle ! disait-on en
clignant des yeux.

— Partira ! partira pas ! criaient les enfants.

L'attroupement, curieux d'abord, devenait agité
et mauvais comme les vagues de la mer quand la
tempête se prépare.

Plus hardis en voyant Bachi continuer à faire le
pître sur la porte, les gens se hasardaient à crier
des grossièretés :

— Ah ! monsieur Niflo ! que de méchantes gens !
dit Tata Pécaïré effrayée de cette effervescence.
Allez-vous en, allez, çà pourrait tourner mal...
Pour Fifi, je lui dirai tout cela, je la raisonnerai et
nous irons vous trouver à Saint-Lazare... Adieu !...

De sa faible main elle écarta Bachi.

Mais ses yeux se voilèrent, tremblante, cirée
comme une morte, elle eut à peine le temps d'entrer dans le couloir et d'en fermer la porte car un
tapage infernal éclata dès qu'elle mit le pied à la
rue. Pauvre Tata Pécaïré ! La mamelue en hurlant
l'agonisait de sottises et la traitait de putain. Les
autres la huaient en un charivari endiablé.

C'était trop pour elle, pauvre Tata Pécaïré, et la voilà évanouie dans le couloir !

Bachi, craintif devant ce tumulte qui lui rappelait son aventure d'ivrogne, se réfugia promptement chez Pipa.

Niflo, alors, pareil à un ecce-homo, écrasé sous le poids de sa malle qu'il venait de charger sur sa tête, entra dans cette foule de femelles et d'enfants qui hurlaient, le salissaient, le déchiraient, crachaient sur lui.

Il ne disait rien. A travers le voile de ses yeux en pleurs, il montait la rue, traînant après lui l'immonde charivari de la rue dans les grondements maudits du quartier.

Il en avait depuis longtemps tourné le coin que la Mûre, encore agitée, continuait à le huer.

Les braves gens n'osaient ouvrir la bouche.

Les figures sombres, les museaux contractés des *couche-vétus* commençaient à paraître et ils riaient en montrant les dents à la façon des fauves.

Bachi, Pipa et quelques voyous se tordaient de rire en se racontant et en singeant les tics, les mots, l'allure, le reniflement de Niflo.

Bachi, en se frappant le front, en se frottant la tête répétait qu'il ne pouvait pas comprendre comment cela lui était venu de mordre à ces idées de fou. Mais pourtant, comme pris de remords, il ajoutait :

— Il était si brave ! si brave !

Pipa, avec un accent de regret, disait que c'était

dommage, que maintenant les mendiants quitteraient le quartier :

— Nous ne pourrons plus rigoler ! faisait-il.

Et, d'un regard de côté, il examinait les tonneaux et les tables sans clients.

Les voyous, eux, faisaient des saletés et chatouillaient les filles qui, debout sur le trottoir, causaient avec la mamelue.

Celle-ci, comme une possédée, se démenait depuis le matin, allant des uns aux autres, attisant le feu, soufflant son venin.

Dépoitraillée, sa grosse chair à l'air, ses jupons courts moulant son corps graisseux, on ne voyait, on n'entendait qu'elle.

Avec un air scandalisé elle expectorait des grossièretés sur tout le monde :

— Elle, la femme honnête ! dans ce quartier de travailleurs ! voir des choses pareilles !

Et elle gesticulait et elle clignait de l'œil à la maigre Irma qui, frisant ses cheveux, restait plantée sur la porte du petit café.

Des groupes de curieux s'en allaient en riant, d'autres encore se reformaient.

La matinée passait ainsi.

Des mendiants, de pauvres vieux, des femmes en baillons, des enfants décharnés descendaient et montaient, sournois, demandant timidement si l'on savait où Niflo irait demeurer.

On leur répondait à peine.

Bachi, se croisant les bras, faisait d'un air crâne devant les autres :

— *Noun so !* mon brave ! Je ne sais, mon ami !

La mamelue et la maigre Irma ne quittaient pas la rue. Maintenant elles causaient à voix basse. Elles guettaient du côté de la place.

Tout à coup, les poings sur les hanches, puis les mains sur la tête, elles s'avancèrent en criant :

— Ah ! pauvre, pauvre petite ! Ecoute ! Viens ! Ah ! si tu savais ce qui est arrivé ! Entre avec nous, viens !... Reste avec nous, il faut que tu te décides ! Fifi ! ma fille ! ma belle !

Elles la saisirent, l'embrassèrent, la tournèrent, la retournèrent et l'entraînèrent dans le petit café sans lui donner le temps d'ouvrir la bouche.

— Oh ! vois ! je t'aime trop ! c'est le moment, si tu veux enfin quitter la cage ! ma fille ! ma belle !

XVII

GIOBATTA

GIOBATTA

Seul ! seul avec Giobatta !

Niflo n'est plus qu'une ombre, sa voix n'est plus qu'un souffle. Il tremble quand il parle, ses enthousiasmes sont tombés ; on le dirait prêt pour la mort. Il aime à se trouver seul. Alors il pleure, des larmes ruissellent continuellement de ses yeux.

— Allons, Niflo ! je vous en prie, n'y pensez plus !... A quoi cela sert-il !... N'y pensez plus !... répète Giobatta du matin au soir.

Mais lui, cœur simple, y revient sans cesse :

— Est-ce possible ? Je n'ai pas su ! je n'ai pas su l'élever comme il fallait ! Tout le tort vient de moi ! Car elle était brave, allez ; elle avait un bon fond !

L'autre haussait les épaules sans répondre ; autrement ils auraient repris leur discussion passionnée. Entre eux deux, de quoi qu'on parlât, cela tournait vite en questions de principe sur le bien ou le mal.

Ainsi le temps s'écoulait.

Les idées sociales paraissaient tombées dans l'oubli.

Ce tableau mouvant, qui est la vie, ne semble-t-il pas la raillerie de toute pensée élevée, la néga-tion de toute recherche de l'absolu? Le temps est une roue qui tourne : joie et douleur semblent se suivre aveuglément pour l'esprit engourdi, plongé de plus en plus dans la matière.

Pour Niflo et Giobatta, nuageusement, joie et douleur représentaient le marteau qui travaille et façonne l'âme dans cette matrice d'où elle doit s'échapper un jour.

Au milieu des bohémiens, le temps passait tris-tement dans un assoupissement de sensations et de souvenirs.

Les visages brutaux de son entourage s'effa-çaient comme un rêve.

Niflo, anéanti de la perte de Fifi, du jour que Bachi l'avait mis à la porte, son âme si bonne, si candide, hantée de songes d'enfant, s'était brus-quement transformée en sombre mélancolie, en dégoût, en sauvagerie.

Tous les hommes pour lui étaient devenus des voleurs d'enfants, des charlatans, des souteneurs.

Et voilà pourquoi la troupe couverte de vermine qui lui mangeait son pain, s'était évanouie comme une fumée.

Et, perpétuellement, tel qu'un marteau sur l'enclume, la pensée de Fifi lui martelait la tête à le rendre fou. Il l'avait cherchée partout, il l'avait demandée à tout le monde, et il la cherchait et l'appelait toujours.

Alors le vide se faisait devant lui, on le fuyait sans lui répondre, ou bien avec des plaisanteries on lui crachait des paroles enfiellées.

Tata Pécaïré, il s'était disputé avec elle, la pauvre ! Il l'avait fait s'évanouir en lui reprochant la perte de cette belle âme.

Bachi, plus que jamais ivrogne entre les griffes de Pipa et de Bédoulo lui avait brisé le cœur avec des *galéjades* pires que des morsures.

A qui s'en prendre ? Aux gueuses d'en face ? Il savait bien que tout partait de là, sans aucun doute et, le jour même, ne voyant plus venir Fifi, il y était entré, farouche, inspirant à la fois la peur et la pitié, il leur avait fait une scène épouvantable, pleurant, criant, menaçant, suppliant à genoux la mamelue et l'autre de lui dire à quel endroit était son enfant, sa vie, sa Fifi.

Le patron de la maison meublée, fort et brutal comme un bœuf, l'avait jeté dehors à coups de pieds dans les parties.

Il en était sorti tout ensanglanté, moitié mort, au travers de la *gueusaille* ameutée de nouveau sur ses pas et aboyant après lui comme une troupe de chiens.

Il était allé chercher la police ; là aussi, on s'était moqué de lui.

Alors, sans Giobatta qui, dans la crainte d'un malheur, ne le quittait pas plus que son ombre, il serait allé se tuer.

Pauvre Niflo! Le soir, le matin, à toute heure du jour et de la nuit, regardez-le! D'un air inquiet il se glisse, il va, il cherche, il furette, il examine, il guette, il se retourne, il dévisage chacun.

Les gens en ont pitié.

— *Vé*! voilà le *fada*! se dit-on.

Les enfants le poursuivent et lui lancent des or- dures.

Quand il travaille à son établi, dehors, sous le linteau de la porte, il ne peut s'empêcher de se lever dès qu'une femme passe ou qu'une silhouette de jeune fille se profile à l'autre bout du *Temple* (1).

La Barrouga, qui demeure à côté, seule, paraît le calmer ; elle prend plaisir, toute maladive qu'elle est, à le distraire par ses *galéjades* de vieille femme.

Giobatta aussi, pris de pitié, s'efforce de le dis- traire de sa mélancolie, mais c'est pour en arriver à d'interminables discussions sur l'étrange amer- tume de la vie.

Ainsi, machinalement, il tire le ligneul sur le seuil de la baraque, il renifle, il se frotte sans cesse les yeux avec sa manche comme pour en essuyer les larmes.

Devant lui, en contre-bas, on entend chanter les bohémiens vautrés sous leurs charrettes.

Les gitanes sont partis dès l'aube en faisant

(1) V. index.

sonner leurs gros ciseaux, les femmes sont aussi parties pour voler en disant la bonne aventure.

Il ne reste que les bohémiens du Nord, blonds, aux figures de papier mâché, qui tressent des corbeilles ou plient l'osier en forme de porte-bouquets.

Le *Temple* est paisible, les pouilleux peuvent prendre le soleil, les guenilles se baigner de chaleur au coin des murs. Une tranquillité douce sous une lumière ardente. Des étalages de rebuts sans nom, de petits papiers pleins de bouts de cigares hachés et humides comme des chiques, de la quincaillerie, des débris rouillés de toute sorte, des meubles disloqués, des draps tachés, parfois des morceaux d'étoffes festonnées, des culs de bouteilles éblouissants. Partout, une odeur fade, l'impression d'une immense vermine grouillant dans une chaleur de fournaise.

Quelques pas plus loin, derrière ce *rancho* (1), dans un labyrinthe d'impasses, de palissades, de coins, de passages, des maisons basses, des rez-de-chaussée, entre-bâillent des portes qui ne laissent voir que des lits maculés et sur l'escalier, des femmes se vautrent, des *panturles* guettent ; elles sifflent les rares flâneurs qui passent, ou bien se tiennent par le bras, se lèchent les joues et causent mystérieusement avec des nervis sombres, à l'existence louche.

Par-dessus tout cela un soleil de braise qui

(1) V. index.

chauffe à blanc, anéantissant toute vie, un silencieux repos dans l'ombre où on étouffe, et la
chanson des bohémiens, tressant leur osier, et les
pleurnicheries d'enfants vautrés sous les charrettes.

Mais, le soir, tout s'anime dans un remue-ménage de gueuserie.

Comme sortie de dessous les pavés, une fourmilière de loqueteux barbote et se dandine.

Les bouges aux bois visqueux, pleins de punaises, à moitié pourris, avec leurs escaliers en
casse-culs et leurs plafonds écrasés, retentissent
des harpes qu'on pince, des violons qu'on râcle,
des orgues mal huilés qui expectorent. Ce sont des
hurlements et des cris, des disputes et des rires,
dans tous les patois du monde. La canaille possède
une bonne humeur très philosophique : « Qui n'a
rien ne craint rien, » dit le proverbe.

Par les portes grandes ouvertes, on voit des fa-
milles entières allongées par terres ou s'emplissant
le ventre de *polenta*. On distingue, se profilant sur
le mur, des ombres de joueurs qui trichent en se
démenant comme des possédés.

Et de tout cela se dégage une impression vio-
lente de repos et de bonheur vicieux dans la crasse
de la misère.

Au dehors, barrant les portes ou accroupis dans
les coins, les gens prennent le frais.

Boiteux aux jambes redressées, aveugles aux
yeux éveillés, mendiants aux bras tortus, aux pieds
déjetés, aux yeux chassieux, tout ce monde s'agite

et la marmaille morveuse, à moitié nue, joue aux grimaces, court, se bat et piaille.

Plus loin, au fond d'une cour que ferme une palissade de vieux contrevents, de vieilles portes et de planches pourries, quatre charrettes de bohémiens dressent leur sombre carrure où se reflète la flamme tremblotante d'un grand feu sur lequel chauffe un antique chaudron de cuivre.

C'est le coin des *caraques* (1), des *mange-chats*, personne ne veut fraterniser avec eux, et rire encore moins.

Ils sont avec leurs voisins d'une humeur farouche ; ils font entre eux un tapage infernal, ils veillent presque toute la nuit et miaulent sur leurs guitares des chansons de sauvages. Le plus souvent ce sont des fêtes qui se terminent par des batailles à grands coups de ciseaux.

Et, vaguement, dans les impasses de la petite place, on aperçoit des couples étranges de gueux et de filles, on entend le bruit grossier de caresses dévergondées ; puis, avec la rapidité de l'éclair, au travers des portes qui se ferment, l'œil perçoit le blanc d'une chandelle, dont la lumière tombe sur des lits défaits, des draps qui traînent et des cloisons pouilleuses.

Ce soir-là, Giobatta était rentré, les jambes brisées, la tête lourde, une sueur froide sur tout le corps, si bien que, sans souper, sans force pour trier ses chiffons, il s'était allongé, disant seule-

(1) V. index.

ment que ce n'était rien, de la lassitude, pas plus !

Un tremblement l'avait saisi.

Sa pâleur et sa fièvre effrayèrent Niflo qui, effaré, appela la Barrouga, pour qu'elle lui fît une infusion.

Durant ce temps, ramassant tout ce qu'il put trouver, chiffons ou vêtements, il l'étendait sur les couvertures afin d'amener Giobatta à transpirer.

Un petit *calen* moribond veillait à la tête du lit.

Il alluma un bout de bougie pour chercher sur une étagère s'il ne restait pas un peu de rhum au fond d'une bouteille.

La Barrouga rentra au même moment, sa veilleuse d'une main, une tasse de l'autre. Elle cria à Niflo d'éteindre sa bougie ; car, trois lumières, cela portait malheur.

Giobatta, les yeux brillants, claquant de fièvre, se plaignait d'avoir froid. Il se recroquevillait dans le lit, répétant que ce ne serait rien, qu'ils n'avaient qu'à rester tranquilles, que le repos de la nuit suffirait.

On aurait dit qu'il allait s'endormir.

Niflo et la Barrouga, sans mot dire, l'un à la tête, l'autre au pied, ne le quittaient pas des yeux.

On n'entendait plus que la respiration haletante du malade.

La flamme jaunâtre du *calen* s'allongeait et léchait la cloison sur laquelle elle traçait une marque noire. La ferraille, les galons entassés dans les coins, les sacs de papier éparpillés par terre, les os empilés, les chiffons d'étoupe, les peaux de lapins suspendues, avaient l'air, dans cette pénombre tremblotante, de s'agiter comme un tas de vermine.

Parfois, de petits cris, des bruits de rats qui grattent, et le souffle, maintenant plus régulier, de Giobatta à moitié endormi.

La Barrouga risqua quelques paroles à voix basse :

— Dès qu'il fera jour, dit-elle, j'irai voir une femme qui guérit ; ce n'est pas loin d'ici. On n'a qu'à lui porter une pièce appartenant au malade, un mouchoir, n'importe quoi. Elle le sent et vous dit le mal qu'il a. Que de gens elle a guéris dans le quartier ! Elle est connue comme le loup blanc !... Et les mauvais sorts... il n'est personne comme elle pour les conjurer !... Mais, chut !...

Giobatta venait d'ouvrir les yeux et demandait à boire. La Barrouga alla vite chercher encore un peu d'infusion. En fermant la porte, le vent éteignit le *calen*.

— Mauvais signe ! dit la Barrouga à voix basse, en reprenant le bol que Giobatta venait de vider, mauvais signe ! Niflo, mettez-y un peu plus d'huile.. *Vé !* si vous saviez comme depuis quelques nuits je fais de mauvais songes !...

Niflo, un doigt sur les lèvres, lui fit signe de se taire : Giobatta se retournait dans son lit.

Au dehors, on entendait jouer à la *mourra* (1), selon la coutume du quartier ; on braillait, avec

(1) V. Index.

accompagnement d'accordéon, des fragments de mélodies interminables ; les accords venaient mourir affaiblis dans la baraque isolée et jetaient une étrange impression sur la mélancolie angoissée de ces pauvres gens.

Ils demeuraient immobiles, silencieux. Niflo, hébété dans ses rêves, la Barrouga se frottant les yeux et sentant le sommeil la gagner.

— *Ma ! hou !* fit une voix impérative qui retentit dans le silence.

La Barrouga tressauta sur sa chaise et se leva aussitôt :

— Mon petit ! murmura-t-elle.

Et, marchant sur la pointe des pieds, elle passa de l'autre côté, où était son taudis, après avoir soigneusement fermé la porte.

Niflo, lui aussi, avait tressauté. Il avait reconnu la voix de Marrid-Ferri, et inquiet, le corps penché, il s'était approché de la cloison pour mieux entendre.

On ne pouvait rien comprendre au bourdonnement de la voix avinée du nervi.

De temps à autre sa mère poussait des exclamations :

— Je vais vite te faire cuire un œuf, *pécaïré !*

— J'ai faim, *capoun de Dièu !* vomissait la voix de l'autre.

Et on entendit un bruit de cuisine, un remuement de fourneau.

Niflo hochait la tête et se retournait pour voir si Giobatta dormait bien.

— Pourvu qu'ils ne fassent pas trop de bruit ! murmurait-il.

De l'autre côté, Marrid-Ferri ne cessait de parler ; il paraissait s'obstiner à vouloir quelque chose et sa voix allait s'élevant :

— Chut ! chut ! que Giobatta dort ! disait la Barrouga. Il est malade.

— Eh ! je m'en fous pas mal ! se mit-il à hurler. Qu'il crève, l'animal ! ça fera un *babi* de moins !... Donne-moi de l'argent, je te dis, j'en ai besoin !

— Chut ! chut ! ne crie pas si fort !... allons !... pour les voisins !... Tiens ! tiens ! voici tout ! tout ce que j'ai, pécaïré !... Ne sois plus en colère, mon enfant !

— De l'argent, *capoun de Diéu!* Donne-m'en ! Tu le caches, mauvaise garce !

— Chut ! allons ! je t'en supplie !... Tiens, cherche, fouille ! Tu verras si je te mens !

— Ah ! oui ! je sais ! C'est ma putain de sœur qui a tout râflé ! Madame !... Comme vous vous entendez bien, toutes deux !... Oh ! *capelan de capoun de bouen Diéu !*

Un coup de poing ébranla la maison. On entendit un grand cri, puis une chute... Niflo se précipita.

— *Té !* hé ! couillon ! Jean l'imbécile ! Qui t'a dit de venir ? ça te regarde ? A la porte ! allons ! s'écria Marrid-Ferri dès qu'il le vit.

De la main, il lui faisait signe de décamper.

La Barrouga, acculée contre le fourneau, la

table renversée sur elle, le visage convulsé, joignait les mains sur sa poitrine et tremblait.

— Tu n'as pas honte, bougre de nervi ! Frapper ta mère ! C'est un crime, cela !... Travaille, paresseux ! et tu auras de l'argent !

— Va-t'en ! je te dis !... ou je fais un malheur !

— C'est à toi de t'en aller, ivrogne ! forçat !

— Je t'éteins !

Et Marrid-Ferri, furieux, les yeux hors de la tête, les mâchoires crispées, sauta sur lui.

Niflo, plus de sang-froid, lui fit un croc-en-jambe, s'arc-bouta contre le mur et saisit aussitôt la table qu'il plaça entre le nervi et lui.

— Mon Dieu ! mon Dieu ! mon Dieu ! pleurait la Barrouga qui, à genoux, s'arachait les cheveux.

— Malheur à toi, si tu touches ta mère, bandit !

Marrid-Ferri écumait.

— Ah oui ! ah oui ! eh bien, attends !

Et avisant un grand couteau de cuisine tombé à terre, quand il avait renversé la table, il le ramassa et le brandit.

Mais, soudain, des bras de fer l'encerclèrent : c'était Giobatta, en chemise, tremblant de fièvre, terrible à voir dans sa maigreur. Avec une vigueur surprenante pour ce corps de vieillard il immobilisait le nervi.

— A l'assassin ! à l'assassin ! hurla la Barrouga perdant la tête.

Marrid-Ferri, ne pouvant se servir de ses bras, venait, d'un coup de pied, de renverser la veilleuse. Et la lutte se continuait dans l'obscurité.

Alors ce fut une scène indescriptible : des heurts
contre la maison, des défoncements de portes,
des bras accrochant et tirant d'ici, de là, des coups
de pied, des coups de poing.

Marrid-Ferri frappait du couteau au hasard ;
c'était un fracas de choses brisées, avec des temps
de silence où l'on n'entendait que le souffle hale-
tant des poitrines étouffées, le bruit sec des coups,
le glissement des pieds.

La Barrouga ne cessait de hurler.

Les bohémiens d'en face, jouant de la guitare et
braillant en cœur, ne remuaient pas de leurs car-
rioles.

La malheureuse hurlait de plus en plus fort ;
mais personne dans le quartier ne s'en émouvait,
tellement on était habitué aux disputes.

Cependant, vers la fin, les cris devinrent tellement effrayants que des Siciliens qui jouaient à la
mourra tout près de là, ennuyés, mirent le nez dehors, et reconnaissant que cela venait de la maison
de leur compatriote Giobatta, ils s'avancèrent.

Se tortillant comme des serpents, ils avaient
fini, roulant, pataugeant, par arriver à la porte de
la rue.

Marrid-Ferri n'avait pas lâché le couteau, et
Giobatta, la chemise déchirée, la poitrine à nu,
était inondé de sang.

Niflo, collé contre le nervi, comme un pou, le
mordait et lui serrait le cou.

Les Siciliens avaient prestement ouvert leurs
couteaux ; à la vue de Giobatta ensanglanté, ils

étaient hors d'eux et cherchaient à larder le nervi.
Mais celui-ci, à demi étranglé par Niflo, finit par
lâcher prise et s'en alla rouler comme un paquet
de chiffons dans le terrain en contre-bas sous les
charrettes des bohémiens.

XVII

LA MORT DE GIOBATTA

LA MORT DE GIOBATTA

— Ah! père Soler! que vous me faites plaisir
d'être venu!... Oui! c'est fini! fini!... soupira faiblement Giobatta raidi, plus blanc que son linceul et
maigre à donner l'épouvante.

De son visage embroussaillé, on ne voyait que
deux grands yeux creusés par la fièvre. Sa bouche
violacée, entr'ouverte, laissait s'échapper une haleine sifflante, courte et chaude.

— Oui, c'est fini! je n'irai pas loin!... Bah! je
la quitte sans regret, cette chienne de vie!...
Aïe!...

Il eut une plainte en essayant de se retourner.

— Ne bougez pas, Giobatta! Vous savez bien
qu'il ne faut pas remuer, dit Niflo qui vivement se
pencha sur lui.

— Auçanemi Giobatta! de quoi avoir por! Il ne

faut pas se décourager, *amico del méu cor!* Ce n'est
rien, rien... Eh! bon *Déu!* on en a vu de plus malades revenir à la vie!... La bonté *del Segnor Déu...*
Mais?

Le prêtre au milieu de son discours s'arrêta net :
le malade venait de fermer les yeux et semblait
râler.

— C'est de faiblesse, souffla Niflo à voix basse.
Depuis ce matin il ne fait que cela : il ouvre les
yeux, il dit quelques mots, il délire le plus souvent, et, *zou!* il s'assoupit à nouveau, comme vous
le voyez à présent.

— Je le trouve bien mal, très mal! On m'a ra-
conté la lutte à coups de couteau, dit le père Soler
en se levant.

Puis, avec force gestes et soudain élevant la voix :

— Mais il faut le dénoncer, le misérable! le faire
arrêter, le criminel! Il mérite la mort, ce *borratcho,*
ce...

Niflo lui faisant signe de se taire, le prit par le
bras et le poussa vers la porte pour faire moins de
bruit.

— Pas si haut! pas si haut!... Et le « Pardonnez-
leur, Seigneur, car ils ne savent ce qu'ils font!... »
Alors, vous l'avez oublié?

Le prêtre, un peu embarrassé par cette ri-
poste, se tourna vers le malade et demanda :

— Le médecin, le médecin, que dit-il ?

— Ah! le médecin! Il aurait ordonné qu'on le
transportât à l'hôpital, et la police s'en serait mêlée... Giobatta ne le voulait absolument pas; moi,

non plus. Pauvre Barrouga! Elle est malade, là, à
côté! ç'aurait été sa mort!... C'est son enfant, après
tout, ce Marrid-Ferri.

— Mais, alors? quels remèdes lui donnez-vous?

— Que voulez-vous? des remèdes de bonne
femme. La Jacoumino qui l'a veillé toute la nuit
s'y entend; les Siciliens du coin, là-bas, également... On lui a appliqué des emplâtres de bouse
de vache sur les plaies; pour son refroidissement,
des cataplasmes chauds de genièvre bouilli dans
du vin. Ils sont allés consulter la sorcière qui a
conseillé d'appliquer toute chaude sur la poitrine
une peau de chat noir dont on aurait tranché la
tête. Pour lui couper la fièvre, la femme du Sicilien
Mazza a apporté des crapauds que nous avons mis
sous son lit.

Durant ces explications le père Soler hochait la
tête et s'exclamait :

— Pauvre, pauvre Giobatta! pauvre ami!... Les
larmes lui venaient aux yeux. Mais, innocents que
vous êtes, vous ne voyez pas que c'est une pneumonie? C'est des vésicatoires qu'il lui fallait! Maintenant, c'est trop tard! Il est perdu, perdu!... Et
ses blessures?

— Affreuses! Un coup de couteau dans le ventre,
trois au côté gauche; les bras sont hachés!...

En disant cela, des larmes coulaient de ses yeux ;
mais il ne les essuyait pas, car il les avait plus
rouges que du feu.

Giobatta s'agitait; ses mains raidies attiraient
la couverture; il venait de tourner la tête.

Vite ils s'approchèrent.

— *Hóu ! Hóu !* marmonnait-il, ne la frappe pas, cette bête ! ne la frappe pas !... Nous allons manger des grenouilles... Viens !... c'est le grand Gafre qui les a prises...

Il délirait, le malheureux ! Ses yeux égarés étaient fixes.

— Eh ! eh ! petite ! continuait-il, tu l'aimes, la grenouille, n'est-ce pas ?... Quand je serai mort, je viendrai te tirer les pieds... Eh ! eh ! je te dirai ce qu'il y a dans l'autre monde !

Niflo se traînait à genoux et s'emplissait la bouche d'un bout de couverture pour ne pas éclater.

Le père Soler s'était tourné contre la cloison, le front appuyé sur ses mains jointes. Il avait l'air de prier.

— Dans l'autre monde ! Tais-toi ! tais-toi ! L'homme naît méchant, avec quelque chose en lui qu'il semble tenir encore de la bête... Vois ! il en a l'instinct et la cruauté, les besoins et les passions... J'ai vécu avec des bêtes féroces... Maintenant, aux derniers moments, oh ! comme je vois qu'il n'y a que l'esprit, rien que l'esprit !... ce qui se détache, pur et subtil, des passions, des besoins... l'esprit ! l'esprit clair... saint... lumineux...

La voix baissait, baissait.

La Jacoumino qui venait d'entrer demeurait comme une statue, immobile, devant le spectacle de ces deux hommes agenouillés et de ce moribond qui agitait ses longs bras maigres comme s'il eût voulu retenir quelque chose dans l'invisible.

Le crépuscule tombait.

Par le ciel ouvert on commençait à voir scin-
tiller les étoiles. A travers l'obscurité croissante,
on distinguait à peine la forme assombrie de Niflo
qui sanglotait, la tête enfouie dans les couvertures, et la longue silhouette du prêtre.

— Allons, *zou!* il n'y a pas de temps à perdre. Il
faut lui changer ses pansements, dit la Jacoumino
à l'oreille de Niflo. La Barrouga va mieux; je viens
de la voir; Choiso, la femme du vannier, la garde.
Allons, *zou!*

— *Calla! calla!* c'est inutile! répliqua le père
Soler en se retournant et se séchant les yeux. Il
râle... Je vais chercher le curé de Saint-Lazare
pour l'extrême-onction. Vite, vite! les saintes
huiles! pas une minute à perdre!... — Ah! *Dèu
mèu! Dèu mèu!*

Et comme une ombre, il disparut derrière la
porte.

On n'y voyait plus.

La Jacoumino, à tâtons, cherchait le *calen.*

— Tiens! il n'y a plus d'huile, dit-elle. Je vais
vite en demander aux voisins.

Le silence était effrayant.

L'ange de la mort, sous le manteau de la nuit,
déployait ses ailes avec un bruit de râles et de
sanglots. Le moribond à son dernier souffle râ-
clait de ses doigts raidis et ramenait les couvertures qu'il agitait dans le vide.

Du dehors une rumeur montait, la rumeur des
fins de journée. Le retour du travail, dans ce quar-

tier de misère, apportait des vociférations, des cris d'ivrognes, des bruits de chansons.

> — *Ch'a m'fasso fé'na tomba*
> *Ch'a j siga d'post pèr tri...* (1)

On entendait cela vaguement au loin, avec cet accent traînard, decrescendo et plaintif des chansons piémontaises.

Giobatta sembla revenir à lui ; d'une voix affaiblie qu'on entendait à peine, il essaya de chanter :

> — *Ch'a j stago pare et mare*
> *'I me amor an bras a mi...* (2).

Niflo éclata ; un sanglot, plus fort que les autres, lui déchira le gosier.

— *Hoï!* pourquoi pleures-tu, Niflo? râla Giobatta, dont les mains, par hasard, s'étaient posées sur sa tête. Ecoute, viens!... près de moi!... plus près!...

Le pauvre, en tremblant, s'approcha de lui, joue contre joue.

— Ecoute! c'est toi qui es à plaindre, toi qui restes! Heureusement, tu gardes tes illusions... Je ne voudrais pas te les enlever... et cependant tous tes malheurs viennent de là... Il serait nécessaire que tu saches ceci, qu'on

(1) V. index.
(2) *Id.*

ne peut rien faire, que tes idées de perfection sociale, de bien-être, d'égalité sont contraires à la
loi de nature et se retourneront toujours contre
toi... tant que l'homme restera égoïste et gardera
sa bestialité... Le salut, il faut qu'il vienne du de-
dans... Il n'y a rien à faire, Niflo, rien! Si tu es
né bon, reste bon. Oh! belle âme, oublie, pardonne, continue à faire le bien; dis-toi qu'il n'est
rien de plus beau que de s'épandre en bonté, en
droiture... Oh! si nous nous étions connus plus
tôt!... Mais la mort n'est pas une séparation, va...
va...

Sa voix ne s'entendait presque plus.

Niflo serrait désespérément le traversin et bai-
gnait de ses larmes Giobatta qu'il tenait embrassé.
Comme un fou il écoutait en collant son oreille devant la bouche du pauvre vieux :

— Va... nous nous reverrons!... Tu sais bien, ce
que nous nous disions, hier... je te le promets!
Quand je serai mort, je te le signalerai, je viendrai
te dire ce qu'il en est dans l'autre monde!... Sois
béni! Tu m'as fait voir ce qu'est la terre, ce grand
alambic où le subtil se sépare de l'épais; la vie,
cette longue échelle qui mène de la terre au ciel;
chaque échelon qu'on monte est une victoire sur
la bête... Par exemple, oh! comme je me souviens!
Vé! vé! je revois ma vie!... toute!... ma vie!...
comme c'est étrange!...

Sa voix ne s'entendait plus; c'était moins qu'un
souffle.

Les ailes de l'ange de la mort étendues sur lui

ne bougeaient plus, prêtes à prendre leur vol...

Il tourna la tête. Un soupir plus long, plus profond, on eût dit qu'il appelait encore Niflo... et plus rien, plus rien que la rumeur du dehors, l'écho lointain de la chanson plaintive :

Ch'a m'fasso fé'na tomba.

— Giobatta! Gio... Giobatta! cria Niflo d'un accent déchirant; parle, parle-moi encore... réponds-moi! Oh! mon Dieu! mon Dieu!

Il se traînait à terre.

— Il est mort? Ah! Seigneur! s'écria la Jacoumino qui rentrait avec le *calen* allumé.

— Mon Dieu! oh! mon Dieu!

Elle ferma la porte avec terreur.

— Qui sait ce qui va survenir? ajouta-t-elle.

Elle demeurait immobile, l'oreille contre la porte.

Depuis un bon moment on entendait un long concert de voix rauques venant dans la direction de la barraque.

La Jacoumino avait compris ce qu'il en était et elle attendait toute bouleversée.

— Au moins, si Mazza arrivait! soupira-t-elle; si les Siciliens étaient là!...

Le tumulte toujours grandissant s'approchait; c'étaient des menaces et des cris d'ivrognes.

Marrid-Ferri et Bédoulo, ivres l'un et l'autre, traînaient après eux une tourbe de nervis et hurlaient :

— A bas les *babi!*

Une foule les suivait.

La Jacoumino, tremblante, accotée contre la porte, semblait avoir perdu connaissance. Bouche entr'ouverte, n'osant pas respirer, écoutant battre son cœur, elle fixait le lit où Niflo, penché sur le vieux et le tenant embrassé, lui parlait, et pleurait, et délirait de douleur.

— Vengeance! criaient les nervis du dehors. A bas les *babi!*

Et, *zou!* des coups de pied contre la porte que la Jacoumino venait de fermer à clé.

— Il faut que je me venge, *capoun de Dièu!* criait Marrid-Ferri. Tu sors, bougre de salaud?... ou j'enfonce la porte! Vous ne dites rien, hé! vous avez peur! vous avez peur!

Niflo, accroupi, la tête du mort entre les mains, se retourna; ses yeux étaient ceux d'un fou; il écoutait sans comprendre.

La Jacoumino semblait pétrifiée.

De l'autre côté de la muraille on entendait la Barrouga crier et se plaindre.

— Mais alors vous ne sortirez pas? *capoun de Dièu!* hurla Marrid-Ferri qui appliqua sa bouche contre la serrure pour mieux se faire entendre. Vous ne sortirez pas?... Hé! Niflo! Fifi est là! Tu sais, c'est moi qui te l'ai dépucelée! Maintenant elle se fait tirer au bordel!... Viens donc! Tu sortiras maintenant peut-être, bougre de salaud!... Il faut que je me venge!...

Soudain le bruit sec d'un corps qui se traîne et qui tombe contre la porte, des cris, des jurons en sicilien, un bruit de lutte; puis, un piétinement qui va s'éloignant et des cris d'effroi :

— Les *babi*!... les *babi*!...

Au fond, du côté de l'église, retentissait en approchant la claire clochette du prêtre qui portait les saintes huiles.

XIX

LA DERNIÈRE NUIT

LA DERNIÈRE NUIT

Avec ses farandoles de lumières, la foule qui s'y presse, la Cannebière resplendit.

C'est un grouillement, un hourvari, un roulement d'omnibus, un remous de gens affairés, un long bruissement de vie débordante.

Les cafés regorgent sur les trottoirs. Dans un va-et-vient continu, c'est un frôlement de chair humaine : noceurs et miséreux, poufflasses et pucelles se coudoient. Les *couche-tout-vêtus*, les ramasseurs de bouts de cigares se glissant dans la foule comme des anguilles, contemplent, moucherons fascinés par le luxe et les lumières.

Des souffles de désirs brutaux traversent cette masse grouillante.

Harassé, courbé comme un squelette habillé, la démarche titubante et mal assurée, ainsi qu'un fou qui ne sait où il se trouve, Niflo, au milieu de tout cela, tourne, se retourne, revient sur ses pas, les bras ballants, le cou ployé, le nez sur la poitrine, sali de morve et de chassie.

Il marche ainsi, regardant droit devant lui, la tête vide et répandant autour de lui l'effroi, la pitié, le dégoût. Son visage ciré, terreux, n'a plus que les os ; ses yeux sont deux trous rouges, qui versent des larmes.

Il marche... il marche... On dirait qu'il parle : des mots hachés sortent en sifflant de sa bouche.

Son allure est de plus en plus lasse et rompue. Il semble une ombre qui chemine.

Depuis la mort de Giobatta, il est à la rue, abandonné de tous ; il n'a plus rien mangé, il n'a plus dormi.

Un profond désespoir, l'impression que tout est fini, qu'il n'a plus qu'à mourir ; un hébètement, un poids ; ni pensées, ni désirs.

Cela a commencé par une peur indicible, une peur folle de se trouver seul dans la barraque du pauvre mort : la Barrouga venait d'être transportée à l'hôpital.

Depuis lors, il ne se souvenait de rien. Des sanglots, des paroles dépourvues de sens lui tordaient la bouche. De plus en plus faible et chancelant, il se mêlait à la foule de la Cannebière, un instinct le conduisait là où il y avait le plus de monde, et le monde se détournait de lui ; les uns le prenaient pour un ivrogne, les autres s'en écartaient comme d'un mendiant.

La foule s'écoulait, les promeneurs devenaient rares, les cafés se vidaient peu à peu; le bruit, le roulement des équipages s'éteignaient; des coins déserts commençaient à se dessiner, de grands trous d'ombre, par la fermeture des magasins.

Sur le Cours la vie se maintenait encore avec les flâneurs, les nervis, les raccrocheuses. Niflo s'y traîna; sa peur de la solitude grandissait. Lourdement il vint s'accroupir dans un couloir. Puis, sur le Cours également les passants devinrent rares, les bruits s'apaisèrent, le silence s'étendit, seulement coupé par le sifflet des nervis et les cris des prostituées.

Niflo releva la tête; un frisson le saisit et, remuant péniblement sa pauvre carcasse, dans une longue plainte, il s'en alla... s'en alla au hasard.

Maintenant il marche plus vite.

Sans savoir où il est, il prend la Grand'rue; il court presque. De loin en loin il s'arrête, il dresse l'oreille comme s'il entendait une voix et, *zou!* tout frissonnant il reprend sa course.

Dans le silence de la rue, le bruit de ses savates qu'il traîne fait fuir les rats d'un côté à l'autre du ruisseau.

Sa respiration étouffée, ses gémissements, et le frottement de ses hardes font un bruit pareil à celui d'un sac de chiffons qu'on traînerait.

— « Je viendrai te dire ce qu'il en est de l'autre monde! » répète-t-il.

Et soudain, effrayé, il tourne la tête.

L'écho de ces mots qui sifflent entre ses dents, l'épouvante...

Il ne peut effacer de son regard le visage mort du pauvre Giobatta.

Il l'avait tenu dans ses bras jusqu'au moment où, de force, on le lui avait enlevé. Il l'avait embrassé comme si, au travers de ses baisers, toute sa vie avait pu ressusciter un mort.

Et quel beau visage ! Quelle sérénité dans ce sommeil qui ne devait plus finir ! Les traits réguliers de ce visage étaient apaisés ; sa blancheur de cadavre le rendait semblable à une statue couchée.

Et sa voix bourdonnait toujours à son oreille :

— La mort n'est pas une séparation !

Il marche longtemps sans aucun sentiment, sans aucune sensation, dans un oubli de tout.

Puis, brusquement, poignantes et avec la rapidité de l'éclair, les paroles de Giobatta lui reviennent à la pensée. Il se revoit, allongé sur le lit, l'embrassant... Qu'était-il arrivé, alors ? Il lui semblait qu'on avait fait du bruit... La Jacoumino était contre la porte, une lumière à la main... Bah !... il ne se souvient plus de rien autre... et, devant ses yeux, toujours, toujours, le visage du pauvre mort dans une immobilité effrayante !

Ainsi, avec cette idée fixe et cheminant droit devant lui, il traverse la rue de la République, passe aux Accoules, prend par la rue Caisserie, la place de Lenche et vient aboutir à la Tourette devant l'infini noir et étoilé du ciel.

Il s'affale là, comme une masse, sur le parapet.

La brise chargée d'émanations salines qui l'éventent, lui rappelle, par sa fraîcheur, le froid du pauvre mort.

La plainte immense de la mer lui semble des voix d'outre-tombe... et il demeure là, tête haute, œil fixe devant le vide noir.

Il tremble, sa respiration s'arrête, ses cheveux se dressent, comme si une ombre les frôlait.

Les étoiles en scintillant semblent lui faire signe ; les étoiles, graines géantes de soleils semées au hasard dans l'infini profond d'un noir bleuâtre.

Là-bas, en dessous, on devine dans l'obscurité la masse énorme du Fort, le quai qui fuit en rangées de lumières et la cathédrale colossale qui masque les étoiles...

Belle nuit épanouie ! toi qui sous ton manteau diamanté, abrite joie et désespoir, crime et pureté... O belle nuit ! donne-lui ton repos, et qu'il soit éternel ! Mer immense ! que le saint sommeil de tes vagues le berce en un rêve sans fin !

Le malheureux n'a pas bougé ; il écoute... L'harmonie puissante le pénètre ; dans la rumeur de la mer, dans le bruissement de la brise son âme semble s'être envolée. Ses idées fixes se rassérènent étrangement et deviennent rythmiques.

C'est une pesanteur délicieuse de tout son être...

Giobatta ! Giobatta ! Il l'a toujours devant les yeux ; mais sa pâle face de mort a pris vie et luit d'une flamme intérieure ; ses yeux se sont ouverts et le regardent avec une douceur pénétrante qui

lui fond les moelles. Il lui parle encore et sa parole
ne l'épouvante plus :

— La mort n'est pas une séparation, lui dit-il, et
je vais t'apprendre ce qu'il y a dans l'autre monde ;
mais tu ne le comprendras que si tu pardonnes, si
tu aimes, si ta bonté va jusqu'au sacrifice...

Et la face pâle de plus en plus rayonne d'une
flamme intérieure, de plus en plus lui attire les
yeux dans ses yeux, elle parle, elle parle harmo-
nieusement, avec un accent caressant comme un
baiser.

Niflo, s'est couché sur le dos, de tout son long
sur le parapet ; la langueur, la fatigue l'ont brisé.
La voix semble lui dire en déroulant sa vie :

— L'existence n'est qu'une longue épreuve. Il
faut s'isoler, vivre seul avec ses pensées, fuir le commerce des foules, ne s'attacher à rien de ce qui
retourne à la pourriture, vivre dans l'éternel,
l'esprit fixé sur ce qui ne se voit pas et ne s'entend pas.

Quelle duperie ! Sa vie de misère finit enfin par
lui ouvrir les yeux.

Giobatta avait raison : l'homme naît méchant ;
il surgit dans la matière des profondeurs de la
matière, il faut qu'il lutte contre les instincts,
contre la méchanceté d'autrui et de lui-même ;
c'est une furieuse bataille de vie où la conscience
s'éveille, grandit, brille et s'étend ; c'est l'homme
nouveau préparé à une autre existence plus haute.
Tel le papillon éblouissant qui tantôt n'était qu'une
chenille. Est-ce que la nature, si logique dans ses

enchaînements d'organismes, ferait cet effort, partie du plus petit grain de poussière vivant pour en arriver à l'homme, et puis s'en tiendrait là ? Non ! non ! Il y a d'autres mondes de perfection, d'autres genres d'existence qui échappent à la vue. Le poisson peut-il imaginer une vie différente de la sienne, un élément différent du sien ?. . Connaissons-nous la cause des causes ?...

C'est un écho de la voix de Giobatta. Il le voit toujours ; le visage illuminé qui lui sourit, les yeux brillants qui l'attirent...

Et voilà que, dans ce rappel du passé, la pensée de Fifi ne le trouble plus.

— « Pauvre âme ! se dit-il simplement ; c'était écrit dans son sang ! »

Et la voix mélodieuse du mort semble ajouter.

— « Va ! va ! cela lui est nécessaire pour sa perfection. Lorsqu'elle sera descendue au plus bas de l'échelle, elle se souviendra de toi ; la bonne parole que tu as semée en elle, alors germera ! L'épreuve est nécessaire ; nul ne peut y échapper... Ainsi de toi, pauvre Niflo ! pauvre Niflo !... »

Et le saint sommeil lui vient au bercement harmonieux de cette voix, ses pensées se sont arrêtées. Ce n'est plus qu'un défilé de formes fantômales.

Dans l'assoupissement de son corps la fièvre lui donne d'étranges visions... Il se voit, léger, flottant sur terre ; il a la sensation de s'élever, d'aller et venir sans effort, comme porté sur un ballon. Son corps, il ne le sent plus, il le voit transparent comme un rayon de soleil. Giobatta est à son côté, absolument pareil à lui... et dans le ciel, sont des choses qui ne peuvent se décrire, des choses tellement hors de la vie, si belles qu'aucune langue humaine, aucuns mots ne sauraient les exprimer...

Mais tout cela se transforme... La nuit devient couleur de pourriture ; à ses pieds, c'est un horrible grouillement, des hurlements, des cris, une boue sanglante... Il entend Fifi pleurer désespérément... Ses oreilles sifflent. Il a soudain la sensation du vide, sur lui, sous lui et il tombe, se précipite, roule dans l'infini, un infini noir...

Tout s'efface. C'est le sommeil pesant de la fatigue...

Là-haut les étoiles semblent veiller sur lui.

XX

LA DERNIER JOUR

LE DERNIER JOUR

. . . .

— Mais, c'est Niflo, ça!... *Hou!* comment vas-
tu, dis?

C'est Chichourlo qui le secoue.

Niflo ouvre ses yeux chassieux et s'étire. La
splendeur du ciel, le flamboiement des premiers
rayons l'éblouissent. Il cligne des yeux, se frotte.
Il grelotte sous la fraîcheur de la rosée.

— Alors? quoi de neuf? d'où vient que je te
trouve ici?

— Oui, oui, répond Niflo qui continue à se frotter
les paupières, puis ses membres raidis et pleins de
douleurs.

Ses souvenirs s'éveillent, mêlés aux rêves de la
nuit : Giobatta ! Fifi ! Toujours cette idée fixe !

16

— Éveille-toi !... Allons, qu'arrive-t-il ?... Si tu te voyais ! la mine que tu as !...

Chichourlo en reste ahuri.

— Ah ! tu es heureux, toi ! dit Niflo avec amertume en se levant ; tu es heureux, toi !

— Tu m'étonnes... Niflo. Comme tu es changé !

— Fifi ! Fifi !...

Et, plein de douleur il se souvient de son rêve pendant lequel il l'a entendue l'appeler.

Alors, vite, d'une voix à faire pitié, il se met à tout dévider, il ressent un soulagement immense à dire ses peines, à pleurer devant quelqu'un.

Accroupi, les mains sur l'épaule de Chichourlo, ce sont des :

— Pauvre ! pauvre petite ! pauvre de moi !

Ce sont des :

— Brave Giobatta ! si brave !

Ce sont des sanglots, un déchirement de cœur tel que Chichourlo, malgré son abrutissement et bien qu'il ne puisse comprendre une pareille douleur, se sent pourtant remué.

— Eh bien, oui, Niflo ; c'est vrai ! Mais il faut te faire une résolution. Que veux-tu ? c'est la vie qui exige cela ! Eh, va ! Fifi est peut-être plus heureuse... Qui sait ?

Son imagination malade lui fait voir des bombances de filles de joie.

— Ah, va ! c'est un souci de moins pour toi qu'elle soit partie ! N'y pense plus...

Une tristesse encore plus grande l'envahit.

Ces paroles du mendiant sonnent pour lui comme

un blasphème. L'autre, qui croit le consoler, continue de sa voix caverneuse, sifflante, entremêlée d'accès de toux :

— Ah, va ! tu seras bien plus heureux maintenant que tu n'as plus Fifi ! Pour ce qui est de Giobatta, quand on est mort, on est bien mort ! il n'y a plus de peines ! plus rien !... Fais comme moi, *fada !* Les asiles de nuit, la Bouchée de pain, quelques sous qu'on rapine, n'est-ce pas assez ?... Et puis, baste, quand la Noire voudra venir, elle viendra !

Nillo le considérait avec stupeur. Quelle figure bestiale ! quels raisonnements stupides : Voilà ! pourtant, pensait-il, où en arrive le malheureux dans notre société maudite ! Moins que la bête, puisqu'il n'en a même pas la férocité et la volonté de lutter pour vivre !...

Et comme il le regardait, bouche ouverte, de ses grands yeux caves, pisseux, et rouges :

— Mais, j'oubliais ! ajouta l'autre ; alors, depuis, tu te traînes comme ça ? Je suis sûr que tu n'as pas un sou ! Ta mine de sept pans de long crie la faim ! *Té*, hé ! j'ai quelques sous ; viens, nous achèterons un morceau de pain... Puis, je sais des endroits où on donne...

La cloche de la Major, dans l'air transparent du matin, jetait un son clair. Elle sonnait Dimanche, elle sonnait la messe du bon Dieu qui avait voulu naître pauvre... Quelle raillerie ! quelle folie ! Les gens passaient près d'eux et s'en écartaient avec dégoût : il est si bon de prier Dieu quand on a paressé dans son lit et qu'on a le ventre plein !

Les deux malheureux se traînaient, se touchant de l'épaule ; ils avaient l'air de se soutenir l'un l'autre.

— Alors, Niflo, que vas-tu faire maintenant ? que vas-tu devenir ?

— Je l'ignore ! Il me semble que je n'irai pas loin... J'ai de mauvais pressentiments, vé... Pourtant ! il faut vivre, il faut faire sa partie...

Tout en disant cela il allongeait le cou pour avaler de grosses bouchées d'un pain qu'ils avaient acheté près de Saint-Laurent.

Ils s'étaient assis devant la Consigne et causaient.

Il mangeait goulûment, avec plaisir et sentait une boule dans son estomac.

La joie répandue dans l'air, sa faim à moitié apaisée, l'avaient rendu à l'espérance.

— Oui, disait-il, nous devons accomplir notre devoir. Si cela te plaît de mendier, si tu ne peux rien faire autre, moi, grâce à Dieu, j'ai mon métier et du cœur à l'ouvrage. Je retournerai à la baraque et je me mettrai de nouveau à tirer le ligneul. Que veux-tu !

Chichourlo dit avec envie de plaisanter :

— Oui ! pour te laisser encore tout manger ! Ah ! *fanfre*, va !... C'est pour toi que je parle... Quant à nous... *de Diéu !* Chouette !... quel vin ! quel bon vin tu avais ce soir-là !... Te souviens-tu ?... Et dire que tu bois de l'eau !... Travaille, nous reviendrons te voir.

Son rire le faisait tousser, et il se léchait les babines.

— Il est inutile que je te réponde, tu ne me comprendras jamais ! dit Niflo repris de tristesse à ce souvenir. Jamais tu ne pourras comprendre cela. La fainéantise t'a conduit là où tu es, et le souci quotidien de te remplir le ventre t'enlève toute autre pensée. Dans la souvenance du bien qu'on t'a fait, il n'y a place que pour la ripaille... Pauvre Chichourlo, va !... Tu ne riais pas comme à présent, quand tu sortais de l'hôpital !

Chichourlo, d'un ton mauvais, en haussant les épaules :

— Eh puis ! eh puis !... La fainéantise ! Le sais-tu, si c'est la fainéantise ? Que me viens-tu chanter ?... Je ne te dis rien, moi... Je ne te reproche rien...

Il s'était redressé piqué au vif et, de plus en plus hargneux :

— La fainéantise !... Chez toi, c'est le *couillonisme !* Ah, oui, à quoi cela t'a-t-il servi de te lever la peau ?

Déjà, Niflo, intérieurement, se reprochait de l'avoir rudoyé.

— Le pauvre, pensait-il, c'est le malheur ! Qui sait ce que je deviendrai, moi ? si je ne suis pas pire que lui !...

— Allons, Chichourlo ! dit-il en se mettant debout à son tour ; nous n'allons pas nous disputer pour si peu de chose ! Je vois le grain de poussière qui

16.

est dans ton œil, et je ne vois pas la pierre qui est dans le mien.

Mais l'autre, le corps plié en deux et la respiration sifflante du poitrinaire, s'éloigna, disant avec un geste de la main :

— Adieu, va! adieu!... Nous nous reverrons... Tu es trop boudeur aujourd'hui...

Niflo, avec une envie de pleurer, le regarda s'en aller et tourner le coin de la Tourrette.

Qu'allait-il devenir maintenant? Ferait-il comme lui? Ah! sûrement non!

Le repos de la nuit lui avait porté conseil; il se trouvait pris de courage. Après l'abîme de ces trois jours désespérés, il sentait monter du fond de lui-même l'envie de vivre pour accomplir l'idée qui exultait dans son cœur.

Non il ne s'était pas trompé! Non, sa voie était la bonne. Et la profondeur des sentiments amassés pendant ces trois nuits à la belle étoile, le travail intérieur qui s'était accompli pendant les rêveries de la fièvre où il croyait entendre Giobatta le conseiller, tout cela, comme une fumée, lui remplissait la tête.

Sans savoir encore ce qu'il allait faire, il descendit vers la ville, le long du port.

Le mouvement était arrêté. Le quai semblait vide en comparaison des jours de semaine. Les cloches joyeuses carillonnaient et tintaient dans l'air aussi pur que du diamant. Un soleil clair, beau comme un rire d'enfant, s'épandait en dessinant des ombres allongées.

Elle est bien douce et pareille à un baiser, la soleillée matinale! Niflo en est pénétré. Il marche plus léger, il chemine et il lui semble vivre son rêve de la nuit, où il se voyait flotter sans plus sentir son corps. L'espérance s'est levée sur lui avec le soleil. Il boit l'air à pleins poumons, dans une sensation délicieuse.

Il se promène en regardant les bateaux; et voilà que, sans se rendre compte par quelle association d'idées, il se revoit le long du quai, derrière l'enterrement du pauvre Jacoumin, le jour où il fit la connaissance de Buchi.

— Tiens? se dit-il, si j'allais voir la Jacoumine. Qui sait ce que devient Pépino?

Se tournant vers les maisons, il allonge le pas, plus hardi. Son visage d'épouvantail rayonne : singulier mélange de douleur et de joie sereine illuminée, nature nerveuse aussi vite redressée qu'abattue.

— Tiens, Pépino !

Il s'était heurté contre l'enfant, qui venait sur lui sans le voir.

— Alors, Pépino, tu ne me voyais pas?

Celui-ci le fixait avec des yeux étonnés, effrayés.

— Qu'as-tu à me regarder de travers?... Tu ne me dis rien, alors? Ta mère, que fait-elle?

Pépino, l'air encore plus apeuré dit :

— Hoï! vous n'êtes pas mort, alors?... C'est vous?

— Celle-là n'est pas mal! Est-ce que j'aurais l'air d'un revenant? Réponds : ta mère est-elle à la maison? Je voudrais la voir...

L'enfant faisant signe que oui avec la tête, se recula pour le laisser passer et ne le quitta pas des yeux jusqu'à ce qu'il eût tourné le coin.

Des gens se disaient.

— Té ! Niflo dans le quartier ! Par exemple !

Des mendiants l'ayant aperçu de loin marchaient sur ses pas.

Dès qu'il fût entré dans la rue Radeau, des femmes aux fenêtres s'interpellèrent pour le montrer du doigt.

Une marmaille l'accompagnait, le dévisageait et appelait d'autres enfants.

Tout le monde se retournait.

Niflo, inattentif à ce remue-ménage matinal, jetait autour de lui un regard distrait, la tête remplie de mille souvenirs.

Il longeait les maisons.

Un peu avant d'arriver à la rue Saint-Laurent, comme il passait devant un magasin de coiffeuse, il s'arrêta court avec un tel battement de cœur qu'il dût s'appuyer à la porte. Deux fois il essaya de parler ; ce fut en vain. ..

Des mains s'étaient posées sur ses épaules : c'étaient les mendiants qui, l'ayant rejoint, croyaient qu'il venait de se trouver mal.

Il se secoua, les écarta de la main et, se tenant toujours à la porte, tremblant comme une feuille, allongea le cou dans le magasin :

— Fifi, Fifi ! dit-il, c'est... c'est...

Une fois encore la voix s'étouffa dans sa gorge.

Fifi, enveloppée d'un linge blanc, se mirait ; derrière elle, la coiffeuse disait des plaisanteries en lui
passant le peigne dans les cheveux.

A cette voix étrange elles sursautèrent toutes
deux. Fifi, devenue plus blanche que du lait, les
yeux égarés, regardait devant elle dans son miroir et n'osait se retourner.

— Oh ! brave homme, vous m'avez fait peur ! lui
dit la coiffeuse !... Je ne peux rien vous donner,
mon brave...

Elle croyait qu'il mendiait et elle se détourna
pour continuer à peigner.

— Fifi ! reprit Niflo, c'est bien toi ? Je ne me
trompe pas ?... Regarde-moi seulement, que je te
voie !... Dis-moi seulement si tu es heureuse !...

— Mais, qu'avez-vous, pauvre homme ? Vous
êtes fou !... s'écria la coiffeuse... Eh bien, ma belle,
qu'en dis-tu ?

Fifi, remuée au plus profond de son cœur, tourna
vers Niflo sa figure fardée.

Mais, pour elle aussi, les mots s'arrêtèrent sur
ses lèvres.

— Etait-ce possible ? Son père, si misérable ?
Comme il avait changé ! comme il faisait pitié !
Etait-ce bien lui qu'elle voyait devant elle ? Il avait
l'air d'un mort !...

Niflo demeurait pétrifié : Etait-ce bien sa Fifi
qu'il avait sous les yeux ? sa belle petite si fraîche
et si simplette ? Etait-ce bien elle, cette fille aux
yeux cernés par le vice, aux traits fatigués et tirés,
aux joues peintes ; était-ce bien elle ?

— Alors ? vous me semblez empaillé ! ajouta la coiffeuse... Allons ! allons ! mon ami, débarrassez-moi la porte !...

Un rassemblement de curieux s'était fait, composé de marmaille et de mendiants.

Fifi, du plus profond d'elle-même, aurait voulu lui sauter au cou ; mais la honte la retenait :

— Si au moins, pensait-elle, il ne s'était pas montré comme ça !... Et toujours avec des miséreux !

— *Ze ne vous connais pas, mon ami !* souffla-t-elle du bout des lèvres, si bas qu'on n'entendit rien.

Son émotion était si forte qu'elle crut avoir crié.

— Que me dis-tu, ma belle ? Ma Fifi ! que me dis-tu ?... Parle plus fort.

— *Ze ne vous co...* Aïe ! pa ! pa ! Marrid-Ferri !... Vois...

Elle se leva soudain, bouleversée d'effroi.

Niflo lui tendait les bras :

—Oh ! bonheur ! bonheur ! elle l'appelait papa !... comme autrefois !...

Un coup violent ; les oreilles lui tintent...

Où est-il ? que se passe-t-il ?...

Des individus le relèvent, le tirent ; il entend crier.

C'est Marrid-Ferri qui, bondissant de la buvette voisine où il se tenait caché, venait de lui asséner un coup de poing à tuer un bœuf.

Fifi, le peignoir sur l'épaule, avait sauté dehors et tenait le nervi enlacé.

Les miséreux lui faisant rempart tiraient Niflo en bas vers le port :

— Viens! va! ne lui réponds pas! disaient-ils;
c'est un maquereau! c'est un nervi!

— Je te rattraperai! je te rattraperai! hurlait
Marrid-Ferri, qui ne pouvait se débarrasser de Fifi
accrochée à lui... Il faut que je te fasse la peau!...

En un clin d'œil la rue s'était remplie de monde,
les fenêtres garnies de têtes; tout ce monde huait
le nervi et criait:

— Hue! à la *Bidoulo!*

Traîné par les pauvres et suivi d'une foule de
curieux, Niflo descendit vers le port.

L'esclandre s'était si rapidement passée que,
n'eût été le coup qui l'étourdissait, il se serait demandé s'il ne rêvait pas.

Mais Fifi ne l'avait-elle pas appelé « papa »?

— Ah! pauvre âme! pauvre âme! se disait-il; je
la retrouverai, je lui parlerai de si bon cœur, je lui
ferai si bien voir combien je l'aime, combien la vie
qu'elle mène est horrible, que sûrement elle rede-
viendra honnête fille et qu'elle retournera avec
moi. Ne m'a-t-elle pas appelé « papa »?

Il disait cela à haute voix, il fléchissait sur ses
jambes et serait tombé d'émotion si on ne l'eût
soutenu par les bras.

Une angoisse, un pressentiment de malheur les
poignaient tous, ces pauvres en guenilles que le
hasard avait conduits là, qui l'avaient protégé et
maintenant le soutenaient.

Pécaïré! Tandis qu'ils cheminaient le long du
quai, du côté de la Commune, ils s'efforçaient de le
consoler:

— Va ! va ! disaient les uns ; c'est comme tu dis,
Fifi reviendra. C'est Marrid-Ferri, c'est Toni qui
l'ont débauchée.

— Dis ! te souviens-tu de Bachi ? disaient les
autres. Ah ! si tu le voyais maintenant ! Depuis que
tu l'as quitté, il ne dessaoule plus, le salaud ! Il ne
peut plus *sécher sa peau !*...

— Dis un peu, Niflo, qu'étais-tu devenu ? Nous te
cherchions partout... Ce brave Niflo ! disions-nous ;
avoir disparu comme ça !...

— Ah ! les camarades ! ce sont de braves cochons !
Ils font les fiers maintenant ! Il semble qu'ils ne
vous ont jamais connu !... Tu sais bien ? quand
nous venions te voir au magasin ?... C'était une
bénédiction.

Ceux qui venaient par derrière, marmonnaient
en tendant instinctivement la main.

— Depuis que tu t'en es allé, quel malheur pour
nous ! Ah ! nous y avons trouvé du changement !
On nous toisait, mon ami ; pour un peu on nous
aurait battus. Toi parti, plus de camarades... Ah !
tu es bien le père des misérables !... *Flame ! vai !*
maintenant on ne se quitte plus ; n'est-ce pas,
Niflo ?

Tout cela, avec un traînement de savates, un
frottement de haillons, un concert de lamenta-
tions.

Ils glissaient, à la rage du soleil, le long des
maisons, sous l'ombre étroite des tentes.

Les curieux qui les suivaient en foule avaient
peu à peu diminué de nombre.

Sur le passage de ces loqueteux qui soutenaient Niflo comme des moribonds portant un squelette, les gens se retournaient.

Niflo, d'entendre ces paroles, de se revoir au milieu de ses pauvres, dans ce quartier où il avait vécu ses plus belles pensées, où il avait épanché tout son cœur, se sentait renaître.

Une chaleur lui montait au cerveau, un enivrement de souvenirs, un bonheur et une sérénité singulières.

Ses malheurs ne lui semblaient plus qu'un mauvais rêve.

Fifi l'avait appelé « papa » comme autrefois ; comme autrefois il se voyait suivi d'une bande de camarades qui lui parlaient le cœur sur les lèvres.

C'était une impression fiévreuse d'antan, un oubli maladif, une sérénité d'illuminé ou de fou !

— Je vais voir Tata Pécaïre, disait-il. Nous préparerons tout pour recevoir Fifi. C'est Bachi qui va être heureux ! Je lui ferai honte de son ivrognerie...

Un enchantement de joie se répandait avec le ciel bleu, avec le repos du quai, les bateaux pavoisés, les gens endimanchés. Le tintement joyeux des cloches jetait en l'air un frémissement de bonheur.

Niflo, une fois de plus, revivait la sensation de son rêve nocturne où léger, léger il lui semblait être soulevé de terre.

Et tous, devenus souriants, l'enveloppaient et causaient plus fort les uns avec les autres. Ils se glissaient, heureux, heureux, répétant :

17

— Maintenant, on ne se quitte plus !

Au coin de la place Gelu, des *couche-tout-vêtus* allongés contre les portes, se levèrent dès qu'ils virent Niflo et se mirent à le suivre en se disant :

— Vois ! quelle aubaine !

Ils clignaient de l'œil et se pinçaient.

Une longue file de *bachin* accroupis le long du ruisseau vinrent au devant de lui et, pris de pitié, lui demandèrent ce qu'il avait, émus de le voir si minable.

Les enfants couraient se jeter dans ses jambes.

Les petits cercles de femmes qui bavardaient sur le rebord de la fontaine, s'étaient approchés avec force exclamations.

Les Napolitains qui causaient, assemblés, sous l'ombre des platanes, s'étaient retournés. Les vieillards, serrés sur les bancs, s'étaient levés.

Tirasso, descendu de sa chaise de décrotteur, se frappait sur les cuisses et criait de sa petite voix de tapette.

— Est-ce possible ? Mais, c'est lui ! c'est bien lui !

C'était une révolution.

— Mes amis, disait Niflo, vous verrez ! Nous reprendrons notre vie d'autrefois. Mes idées n'ont pas changé. Nous chercherons de nouveau à nous rendre meilleurs les uns les autres, à chasser l'égoïsme, à vivre en frères, à ne faire qu'une grande famille...

A l'autre coin, débouchant de la rue de la Loge et quittant sa veste, Marrid-Ferri parut.

Il était suivi de quelques nervis.

— Allez-vous-en ! Allez-vous-en ! cria-t-on à Niflo.

Mais en un éclair le malheureux fut renversé, piétiné, frappé à coups de couteau : Marrid-Ferri, enlacé à lui comme un serpent, écumant, horrible à faire peur, s'acharnait sur lui.

La bande, stupéfaite sur le coup, craintive et bestiale, instinctivement formait le cercle.

Personne n'osait mettre la main sur cette brute ; sa force d'animal féroce, sa fureur les fascinaient. Ils restaient plantés devant ce meurtre comme des bêtes qui reniflent le sang.

Les femmes criaient et se sauvaient.

Une foule énorme se rassemblait, et son bourdonnement grossissait.

— Allons ! il y en a assez ! il y en a assez ! dirent quelques-uns.

— Vous ne voyez pas qu'il le tue ? s'écrièrent d'autres.

Les miséreux en se penchant tiraient Marrid-Ferri par derrière de peur du couteau et lui déchiraient sa taillole.

Enfin, l'un d'eux, plus courageux, lui prit la tête et la tordit si bien qu'il dut lâcher prise, tandis qu'un autre, prestement, lui saisissait le bras qui tenait le couteau.

A ce moment, trouant la foule, la Jacoumino, les cheveux épars, la face convulsée, avec un cri à fendre l'âme, se jeta sur Niflo qui gisait, ensanglanté, comme mort ; elle s'accroupit sur lui, le couvrit de baisers et s'évanouit.

Les nervis, camarades de Marrid-Ferri, dans ce mouvement, donnèrent des coups de poings et des coups de pieds dans la foule :

— *Lampo! lampo!* crièrent-ils, *Tè!*

Et ils lui tendirent sa veste.

Avec un moment d'hésitation les miséreux regardaient la Jacoumino se tordre de douleur sur la pauvre victime ; comme s'ils eussent perdu tout sentiment humain, ils demeuraient là, immobiles, pétrifiés.

Derrière eux la foule allait grossissant, grouillant, criant.

Tirasso, qui s'était éloigné, glissant comme une anguille dès qu'il avait vu paraître Marrid-Ferri, se montra :

— Eh bien ! allons ! *zou !*... Allons-nous le laisser comme ça ?

Il se baissa et prit la Jacoumino sous le bras pour l'obliger à se lever.

Comme si le charme eût cessé, les miséreux qui faisaient cercle se réveillèrent.

Ce fut à qui se montrerait le plus empressé, à qui donnerait le meilleur conseil.

L'un d'eux le saisit par les épaules, un autre par les pieds. La foule avec un mouvement d'horreur s'ouvrit devant eux : Niflo, les pantalons et la chemise couverts de sang, n'était plus qu'une plaie.

La Jacoumino ne l'avait pas quitté ; elle marchait à côté de lui, inclinée sur son corps. Tirasso, lui, toujours prudent, s'était écarté de nouveau.

Ils firent ainsi quelques pas au hasard.

— A la pharmacie ! à la pharmacie ! criait-on.

— Non ! non ! *è morte ! è morte !* Vous ne voyez pas ?... A mon magasin ! fit soudain Bachi, qui arrivait, pâle comme un mort.

Et, gesticulant, s'arrachant les cheveux et s'égratignant les yeux :

— C'est ma faute ! c'est ma faute ! Ah ! *povero ! povero !* Je le savais que Marrid-Ferri voulait le tuer. Ah ! *Dio ! Dio ! Amico ! amico mio !*...

Il l'embrassait.

Autour de lui les miséreux pleuraient à faire pitié.

La foule était si dense qu'ils pouvaient à peine marcher :

— On l'a tué ! criait-on ; le pauvre ! le pauvre ! il était si bon !

Une émotion extraordinaire poignait tout le monde.

Les malheureux, les couche-tout-vêtus, les malandrins, les *bachin*, tous les gueux et les mendiants gesticulaient de désespoir ; les femmes se tordaient en pleurant.

Toute la bande suivit et s'engouffra dans la rue si étroite de la Mûre.

On l'avait allongé dans le magasin sur un vieux matelas crevé.

Tata Pécaïré, descendue à la hâte en entendant le tumulte, s'était évanouie ; des voisins l'avaient recueillie chez eux.

La Jacoumino, à genoux, le tenant toujours embrassé, disait qu'elle voulait mourir ; malgré toutes les tentatives on n'avait pu l'en arracher.

Bachi, lui, était comme fou, remué jusqu'au plus profond de son âme, sa pitié, sa bonté débordaient en paroles ardentes.

— Voilà ! voilà, criait-il, comment on vous traite quand vous êtes trop bon ! Ah ! *Cristo Dio !* quel saint homme ! Vous vous souvenez...

Et il disait toute la vie de Niflo.

On ne pouvait plus tenir dans le petit magasin.

Les gens s'y étaient entassés, à étouffer. Perchés sur la soupente, sur les échelles, grimpés les uns sur les autres, tous voulaient voir Niflo. Les yeux humides et la bouche entr'ouverte, ils demeuraient là, immobiles, et regardaient le pauvre agonisant.

Dans la rue, une rumeur épouvantable, une révolution.

On disait son nom, on montrait le poing au ciel. Des femmes jetaient du bois au feu en disant que la Jacoumino et Bachi avaient été également frappés. Un vent de folie passait sur elles.

— Pécaïré ! Pécaïré ! Pécaïré !

Cette exclamation se propageait, grandissante, comme le gémissement du vent dans les pins.

Niflo entr'ouvrit les yeux.

Bachi se jeta sur lui, le saisit, l'embrassa.

— *Amico ! amico mio !* Tu n'es pas mort !... Parle ? parle !... Vois, la Jacoumino est là !... C'est moi, Bachi, moi !... Je te vengerai...

— Non ! je lui pardonne, pardonne-lui... pense

à sa mère... la Barrouga... Pardonne... aime...
Fifi !... Fifi !...

On l'entendait à peine.

Ses yeux demeurèrent fixes, vitreux.

— Mon Dieu ! mon Dieu ! s'écrie soudain la Jacoumino, qui se lève, égarée.

Son cri domine la rumeur étourdissante de la
rue.

Elle écarte les gens, elle s'avance sous le linteau
de la porte ; transfigurée, hors d'elle-même, elle
les fascine tous :

— Mon Dieu ! s'écrie-t-elle en se tordant les
mains... Mais c'était un saint, cet homme ! c'était
un saint !... Vous ne l'avez pas vu, alors ?... Quel
martyre a été sa vie !... C'était un saint, cet
homme !

Et la rue, et la placette, et le port, et les cloches
qui sonnent à toute volée, semblent jeter jusqu'au
ciel l'écho de cette clameur :

— Un saint ! c'était un saint, cet homme !

FIN

INDEX

17.

INDEX

Page 11. *Fregi.* — Vieux quartier de Marseille où se trouvent les fripiers.

— *Bedoulo.* — Surnom : la *bedoulo* est le lieu où l'on abat les chiens errants.

Page 12. *Baillo,* (*baia*). — espèce de cuvier ou de baquet provençal.

Page 19. *Calen.* — Lampe provençale qui, par sa forme, rappelle la lampe antique.

Page 28. *Bagatouni.* — J'ai donné la signification de ce mot dans la Préface : c'est la désignation populaire des vieux quartiers de Marseille situés près du port et habités en majeure partie par des Italiens. Quant à son étymologie, je me range à l'opinion de Valère Bernard qui m'écrit là-dessus : « Mistral donne comme étymologie le latin *catonium,* lieu souterrain, enfer. Mais ce mot ne se montre pour la première fois que dans les chansons de Victor Gelu et cela nous reporte à l'époque des grands travaux de Marseille (construction de la rue de la République, de la Préfecture, etc.) époque où l'afflux des ouvriers italiens fut si énorme. *Bagatouni* signifie l'ensemble des vieux quartiers habités par les Italiens ; or, les vieux quartiers sont surtout le repaire des prostituées, des BAGASCHES en patois gênois, et *bagaschiune* — prononcez ba-gas-chiou-ne — toujours en patois gênois, signifie essentiellement les quartiers réservés. Ne vous semble-t-il pas que *bagaschioune* se soit plutôt transformé en *Bagatouni* que *catonium ?* » Cela me paraît incontestable.

TABLE DES MATIÈRES

ÉMILE COLIN, IMPRIMERIE DE LAGNY (S.-&-M.)